AF440825

Marie

Lily Chrissie SCOT

© Editions LCS – 2016
ISBN : 979-10-96262-00-7 – 2nde publication

:

A Nathalie, Joël S., Sylvie et Danièle, à qui je
dédie cette pure fiction…

I

Il remontait la rue des Glycines, afin de regagner boulevard d'Europe. Il marchait hâtivement et tête baissée en essayant de contourner les flaques qui inondaient la chaussée.

L'automne avait à peine commencé, mais déjà d'abondantes pluies s'étaient abattues sur la région.

Les platanes qui parsemaient la rue déserte étaient dénués de toute feuille, ce qui leur conférait une apparence morbide. L'atmosphère était feutrée.

Adrien profitait d'une des rares accalmies pour aller chercher un paquet au bureau de poste qui se trouvait sur le boulevard.

C'était de nouveau un de ces colis que sa mère lui envoyait, comme chaque fois qu'elle partait en voyage.

C'était l'envoi traditionnel de sucreries et denrées du pays ou de la région où elle se trouvait.

Le soleil ne perçait pas à travers les nuages noirs. La pluie menaçait constamment à chaque instant. Mais comme la Poste se situait à cinq minutes de son bureau, sans hésiter, il s'était élancé dehors.

À quarante ans, Adrien était le directeur d'une petite agence intérimaire, spécialisée dans les tâches ménagères et autres travaux de maison. Une secrétaire travaillait à mi-temps pour lui. Cela lui permettait de s'absenter afin de démarcher les entreprises et particuliers pour des travaux d'entretien ponctuels.

Ce jeune célibataire se jetait corps et âme dans son travail et son dynamisme lui permettait de gagner assez pour vivre décemment.

Il n'était plus qu'à cent mètres de l'établissement, lorsqu'une pluie abondante s'abattit. Retroussant le col de son blouson, il hâta le pas en jurant. Grimpant les cinq marches qui le séparaient de la porte en courant, il se jeta à l'intérieur comme si la pluie le poursuivait. Il ne fit même pas attention à la jeune femme, assise sur un carton, devant l'entrée.

Il y avait beaucoup de monde, et de longues files d'attente sans fin s'étaient créées à chaque guichet. On avait l'impression que toute la population s'était réfugiée ici, afin d'échapper au froid et à la pluie.

Les conversations se mêlaient pour former un brouhaha effrayant et assourdissant. Adrien se mit dans une file, soupirant en constatant autant de monde.

— Après tout, autant prendre mon mal en patience. Il pleut à torrents dehors. Il faut que j'attende que cela se calme de toutes les façons.

Au guichet, devant lui, un homme venait déposer de l'argent sur son livret. Puis il voulut des timbres, faire peser sa lettre et obtenir des renseignements pour un changement d'adresse.

— J'ai de nouveau choisi la bonne file, pensa Adrien.

Il commença à promener son regard autour de lui. Il y avait principalement des personnes âgées. Le sol était trempé et couvert de traces.

Il se retourna vers la porte afin de constater tristement que la pluie n'avait pas cessé.

Il aperçut la jeune femme, assise sur son carton. Il ne la voyait que de dos, mais d'après sa corpulence, il devina qu'elle ne devait pas être âgée. Malgré les nœuds dans ses cheveux, on pouvait voir qu'ils étaient remarquablement beaux, d'un châtain clair et très volumineux.

— Pauvre femme ! Et moi qui me plains de trois gouttes de pluie pour venir ici.

Dans ses pensées, il se retourna vers le guichet pour s'apercevoir que la file n'avait toujours pas avancé.

Le guichetier n'y était plus et c'était toujours le même homme qui attendait.

Adrien regagna la sortie.

— Tant pis, je reviendrai plus tard.

En poussant la porte, il fouilla la poche de son jean, afin de glisser un peu de monnaie à cette personne qui mendiait.

Sa générosité, s'il avait osé, aurait été de l'emmener dans un bar afin de lui proposer un chocolat chaud.

Il se pencha pour poser quelques pièces sur le carton. La jeune femme, sans même le voir, lui glissa un merci. Il hasarda un regard vers elle. Elle ne devait guère être plus âgée que lui, malgré son visage aigri par cette vie misérable et le manque d'hygiène. C'était, malgré cela, un visage rayonnant de charme. Son regard était lointain. Un regard qui figea un moment Adrien.

— Marie ?

Ce nom s'échappa doucement de ses lèvres, mais la jeune femme ne bougea pas. Adrien se redressa, tout en continuant à la dévisager.

Non, il devait se tromper. Si c'était elle, elle aurait répondu à son prénom. Il s'éloigna peu à peu, se retournant quelquefois pour la regarder davantage.

Elle lui ressemblait tellement !

Marie était son premier amour, alors qu'il n'avait pas dix-sept ans. À cette époque, les deux amants s'étaient promis fidélité et de se marier dès la fin de leurs études.

Des rêves, ils en avaient construit, assis au pied du chêne massif. Ils en avaient vécu, allongés dans l'herbe haute.

Puis Adrien était parti à l'armée et lorsqu'il était revenu, Marie était enceinte et amoureuse d'un autre.

Depuis, il avait quitté son village, afin de trouver du travail à Toulouse. Des boulots quelconques, il en avait connu avant de créer sa propre agence, grâce à l'héritage de son grand-père.

Il n'avait pas oublié Marie, mais il avait tracé un trait sur le passé et ne s'était attaché à rien d'autre qu'à son travail.

Encore dans ses pensées, il pénétra dans son agence. Isabelle, la secrétaire, leva la tête à son entrée et s'écria :

— Mais vous êtes trempé, attendez, j'ai de l'essuie-tout ! Vous auriez dû prendre un parapluie, avec ce temps !

Elle joignit le geste à la parole et continua :

— Madame Molin a appelé ; elle souhaiterait deux personnes dimanche, car elle reçoit du monde samedi soir… Vous m'écoutez ?

Adrien, le regard hagard, tourna la tête vers Isabelle. C'était une belle jeune fille brune de vingt-cinq ans, assez mince, et extrêmement efficace dans son travail. C'était la joie de vivre qu'elle inspirait qui l'avait poussé à l'engager et il ne le regrettait pas. Il possédait une totale confiance en elle.

— Heu, oui… Communiquez-moi son numéro, je vais la rappeler. Mais avant sortez-moi les fiches de Solange et Laura Rambier. Je vais voir si elles sont disponibles dimanche.

Isabelle lui déposa le rouleau d'essuie-tout dans les mains et exécuta ses ordres. Adrien se dirigea vers son bureau et s'affala dans son fauteuil, pensant continuellement à la jeune femme de la Poste.

« Marie doit être mariée avec le père de son enfant maintenant. Du reste, elle doit en avoir d'autres. Elle qui me disait tout le temps qu'elle voulait une grande famille, avec du bruit dans toutes les pièces. Et puis c'est une personne trop décidée et trop battante pour se transformer en clocharde. Non, ce ne peut pas être Marie ! Mais cette fille lui ressemble tellement… ».

— Voilà le numéro de madame Molin et celui des sœurs Rambier. Mais vous ne vous êtes pas encore essuyé, vous gouttez ! Adrien, cela ne va pas ?

— Si, si, merci Isabelle. Ah, si, euh, contactez tout ce petit monde à ma place s'il vous plaît, j'ai encore une course à faire.

— Utilisez au moins mon parapluie !

À mi-chemin, la pluie cessa. La nuit commençait à tomber. Adrien força l'allure, et il ne ralentit le pas qu'à quelques mètres de la Poste, afin de pouvoir mieux observer la jeune femme. Elle était encore là, immobile, assise sur son carton.

Il ne pouvait apercevoir son visage, car elle inclinait la tête. Ses vêtements se trouvaient dans un état lamentable. Ils étaient sales et déchirés.

Adrien fixait cet être presque sans vie, espérant qu'elle redresserait son visage. Mais elle ne bougea pas. Il gravit les marches lentement, avec l'espoir qu'elle remuerait la tête. Il pénétra dans le hall du bureau de Poste. Il n'y avait presque plus personne, c'était bientôt la fermeture. Il devait réfléchir à ce qu'il allait faire. Il se mit à un guichet, et tout en tendant son avis d'envoi recommandé au guichetier, il ne la quitta pas du regard. Il guettait le moindre indice.

— Monsieur, eh, monsieur !

— Hein, pardon ?

— Votre carte d'identité s'il vous plaît.

Adrien s'exécuta. Après avoir jeté un coup d'œil bref sur sa pièce d'identité, le guichetier se leva pour aller chercher le colis dans une corbeille. Puis il lui fit signer un formulaire de retrait.

— Merci, au revoir !

Il se retourna. Elle n'était plus là ! Il se précipita dehors et regarda de chaque côté de la rue. Il faisait de plus en plus sombre.

Elle avait disparu.

II

Pierre, le meilleur ami d'Adrien, vivait dans une rue à dix minutes à pied de son appartement, tout près de la gare.

Ils s'étaient rencontrés deux ans auparavant dans un club d'échecs qu'Adrien avait l'habitude de fréquenter. Ils se retrouvaient parfois autour d'une bière dans un bar ou à l'occasion d'une sortie au cinéma.

Contrairement à Adrien, Pierre avait une amie depuis quelques années, avec qui il partageait ses week-ends. Elle vivait et travaillait à Albi.

Malgré l'humidité du début de journée, il faisait doux ce soir-là. Adrien prit son temps pour aller chez son ami afin de profiter au mieux de cette douceur. Mais en peu de temps, il se retrouva devant chez lui.

Pierre habitait au rez-de-chaussée. Les volets fermés laissaient à peine entrevoir la lumière à l'intérieur. Il frappa.

Ce fut avec un verre à la main que son ami vint lui ouvrir.

— Eh bien, on ne se laisse pas abattre ! lui lança Adrien en orientant son regard en direction du verre.

— Je viens juste de nous servir. Celui-là, c'est le tien, lui répondit son ami. Allez, viens t'asseoir et raconte-moi tout. J'ai hâte de savoir ce qui te tracasse. Tu as été trop évasif au téléphone tout à l'heure.

Ils s'assirent autour de la table et Adrien relata sa rencontre avec cette femme qui ressemblait tant à Marie.

Il n'omit aucun détail sur sa relation antérieure avec son premier amour, son retour de l'armée. Il expliqua pourquoi il était parti de son village pour s'installer à Toulouse. Quand il eut fini, Pierre resta un moment silencieux, avant de répliquer :

— Eh bien, voilà une partie de ta vie que je ne connaissais pas. Moi qui avais fait de toi le symbole du célibat ! Je te prenais pour quelqu'un qui ne pouvait se résoudre à s'attacher à une fille ! Alors que réellement, tu n'avais pas accompli le deuil de cette rupture. Et apparemment, tu es toujours amoureux !

— Disons que cela a ravivé quelques souvenirs et quelques émotions en moi.

— Il n'y a pas trente-six solutions ; tu retournes à la Poste dès demain et tu parles à cette femme. Si c'est elle, tu sauras quoi faire. Si ce n'est pas le cas, pourquoi ne retournes-tu pas dans ton village afin de savoir ce que Marie est devenue ? Tu sais que les couples ne durent plus longtemps à présent, alors, sans doute qu'elle vit seule et ne t'a pas oublié.

— J'éprouve l'impression que tu me lis la fin d'un conte : « Ils se marièrent, vécurent très heureux et eurent beaucoup d'enfants ». Cela semble si simple !

— Tu seras fixé demain. En attendant, ressers-nous un verre. Le mien aussi est vide !

Adrien attrapa la bouteille.

— Tu n'aurais pas quelque chose à manger ? Mon estomac commence à réclamer.

— Tu ne veux pas que je te passe un film non plus ? répondit Pierre en riant. J'ai des restes de ratatouille et de rôti de porc, ça te va ?

— Parfait ! Et pour le film, je vais regarder ce que tu as, répliqua Adrien, en lui lançant un clin d'œil, avant de se diriger vers les DVD de vieux films.

Ils ne parlèrent plus de Marie le reste de la soirée. Ils regardèrent un long-métrage et terminèrent sur des conversations anodines à propos des dernières actualités. Il était près de minuit lorsqu'Adrien regagna son appartement. Il était détendu et ressentait l'impression d'avoir vécu une excellente soirée.

III

Il était 7 heures du matin. Le réveil sonna. Adrien se retourna en grognant pour l'éteindre. Il avait encore sommeil. Il s'était endormi très tard. Il referma les yeux, se donnant encore cinq minutes.

— Marie ! souffla-t-il.

Lorsqu'il rouvrit les yeux, il était presque huit heures. Il sauta hors de son lit, se prit les pieds dans un tee-shirt qui traînait sur le sol et se dirigea vers la salle de bains en râlant. La douche le réveilla entièrement. Il s'essuya prestement et termina d'enfiler son pull-over en arrivant dans la cuisine.

Chaque chose était à sa place. Adrien aimait l'ordre et la propreté. Il consulta la pendule bleue que sa mère lui avait offerte. C'était un souvenir d'un de ses voyages, dont il ne se rappelait plus la destination.

— Pas le temps pour un café, tu es en retard mon petit Adrien !

Il sortit de l'appartement, faisant claquer la porte derrière lui. Il vivait au rez-de-chaussée d'une résidence entourée de verdures, dans un quartier calme, à quinze minutes de la place de la Coupole, où se trouvait son agence.

Ce fut quasi au pas de course qu'il accomplit le trajet. Lorsqu'il entra dans son bureau, il se dirigea vers la cafetière et s'empressa de se faire un expresso.

La tasse fumante, il s'assit et commença à avaler une gorgée. Il ferma les yeux et, confortablement calé dans son fauteuil, se remit à penser à cette femme.

La sonnerie du téléphone retentit.

Surpris, il se redressa, répandant du café sur son jean.

— M.... !

Le liquide chaud le brûla. Il reposa la tasse et tout en se frottant la jambe il décrocha.

— Entretien Intérim bonjour ?

— Monsieur Bornier ?

— Oui, bonjour Madame... ?

— Bonjour monsieur Bornier, c'est Solange Rambier. Ma sœur et moi sommes libres après-demain et comme votre secrétaire voulait une réponse au plus tard ce matin...

— Oui, merci d'avoir rappelé. Il faudrait que vous veniez cet après-midi pour signer le contrat.

— Nous passerons vers 15 heures. Au revoir monsieur Bornier.

— Au revoir Solange.

Il reposa le combiné, tout en observant les dégâts sur son pantalon.

— Et impossible de me changer avant midi !

Ce vendredi matin s'écoula lentement. Il le passa à observer la pendule, incapable d'entreprendre quoi que ce soit, tellement il était nerveux. Cet après-midi, Isabelle sera là.

Ainsi, il pourra retourner au bureau de Poste aux heures d'ouverture. Il lui parlera. Ils iront avaler quelque chose de chaud, et là, il sera fixé.

Midi sonna enfin. Il ferma l'agence et, d'un pas alerte, il rentra chez lui. Il déclencha la chaîne hi-fi et mit la radio, puis alla se changer.

Dans la cuisine, il ouvrit le réfrigérateur qu'il referma aussitôt. Il n'avait pas envie de cuisiner. Il était trop excité pour rester chez lui. Il empoigna son blouson et sortit. Il y avait une cafétéria qu'il affectait particulièrement dans le centre-ville. Et puis avant, il pourrait faire un détour par le bureau de Poste, sait-on jamais…

Non, elle n'y était pas.

— Et si elle ne revenait pas cet après-midi, ni les autres jours ?

Il secoua la tête, comme pour dissiper cette idée, et emprunta la direction de la cafétéria.

L'intérieur ressemblait à une véritable fourmilière. Les gens allaient dans tous les sens, se croisaient, manquaient de renverser leur plateau.

Ne sachant que prendre, Adrien se contenta d'un steak frites. Il s'installa près d'une fenêtre qui donnait sur la rue principale. Observant les gens à l'extérieur, il commença à manger lentement.

Une frite entre les doigts, sa main s'arrêta à mi-chemin, entre son assiette et sa bouche.

Elle était là, marchant sur le trottoir d'en face. Sans réfléchir, il frappa au carreau. Ses voisins de table se retournèrent, et le dévisagèrent.

Adrien ne s'en occupa pas. Il ne fallait pas qu'il la laisse s'échapper. La jeune femme se retourna dans sa direction. Il gesticula pour lui dire d'attendre. Il lui adressa un signe de la main devant sa bouche pour lui faire comprendre qu'il voulait lui offrir à manger. Mais la femme continua son chemin.

Adrien ne fit pas cas des regards amusés des gens autour de lui, et laissant son plateau sur la table, il s'élança dehors. Il la vit tourner à l'angle de la rue, en direction du bureau de Poste.

— Mademoiselle, attendez !

L'inconnue s'arrêta et se retourna en l'observant, incrédule.

Arrivé à sa hauteur et essoufflé, il se sentit tout à coup mal à l'aise. Il ne savait pas quoi lui dire.

Ce fut un silence gênant qui s'installa. Elle fit mine de repartir. Il paniqua et se lança :

— Vous ne vous appelez pas Marie ?

Elle se retourna vers lui :

— Peut-être !

Adrien sentit son cœur marteler sa poitrine.

— Je m'appelle Adrien, Adrien Bornier.

— Et alors ?

Adrien ne sut que répondre. Il devait se tromper. Ce n'était pas Marie, et, pourtant, ces yeux, ce regard…

Elle fit mine de s'éloigner à nouveau, le laissant hébété et malheureux.

Puis, elle ralentit et se retourna :

— Moi, c'est Marie, Marie Audard !

IV

Adrien n'arrivait pas à défaire son regard de Marie.

Elle était assise devant lui, attaquant son troisième croissant. Le café où ils s'étaient réfugiés était bondé de monde, déjeunant à la hâte, avant de retourner au travail.

— Tu ne veux pas avaler quelque chose d'autre que des croissants ?

— Non merci, je n'avais pas encore avalé mon petit déjeuner ce matin, lui dit-elle en souriant.

Adrien était gêné. Il n'osait pas lui formuler les questions qui lui brûlaient les lèvres. Il attendait qu'elle lui raconte tout.

Mais depuis vingt minutes qu'ils étaient là, elle n'avait encore rien dit à son sujet.

— Tu sais où dormir ?

— Oh, oui, ne t'inquiète pas.

— Je suis propriétaire d'un grand appartement et…

— C'est aimable, mais ce n'est réellement pas la peine. J'ai acquis mes habitudes et je veux me sentir libre.

— Mais je peux t'aider !

— Je ne crois pas.

— Tu ne veux pas essayer de t'en sortir ?

— Me sortir d'où ?

Elle lui répondit d'une voix si ferme qu'il hésita un moment avant de continuer :

— De cette misère.

— Cette misère, c'est mon monde. Je m'y suis installée et c'est dans ce monde que je me sens à l'aise désormais. Je te l'ai dit, j'ai mes habitudes et je m'en sors bien. Je ne me sens pas capable de revenir dans TON monde du jour au lendemain. Pas après tant d'années. Tu comprends ?

— Cela fait longtemps que… que… ?

— Que je suis une misérable aux yeux de gens comme toi ? Une clodo ? Oui !

Sur ce, elle se tut et plongea son croissant dans son chocolat, comme pour indiquer que la conversation était close.

Adrien voulait la secouer, lui dire qu'il pouvait lui redonner une chance de se réinsérer, qu'elle ne pouvait pas refuser, c'était trop absurde.

Un silence morne s'imposa entre eux avant qu'il ne poursuive d'une voix à peine audible :

— As-tu oublié ce que nous avons vécu ?

— C'est si loin !

— Après toutes ces années, tu ne vas pas me quitter comme ça. Je te demande juste de venir quelques jours chez moi. Fais-le pour moi, je t'en supplie. Dans deux ou trois jours, tu seras libre de partir.

Marie ne releva pas la tête, mais arrêta de manger.

Il n'entrevoyait pas son visage, mais il la sentait triste.

Quelques secondes passèrent.

Lorsqu'elle le regarda, elle arborait un ravissant sourire.

— J'avoue que je rêve au moins d'une chose, c'est de prendre un véritable bain avec énormément de mousse !

Adrien lui rendit son sourire et ils éclatèrent de rire.

V

Lorsqu'il poussa la porte de son appartement, il s'effaça derrière elle pour la laisser entrer.

Elle avançait pas à pas, détaillant chaque recoin. Les pièces étaient claires, agencées avec beaucoup de goût.

Tout y était si convenablement rangé.

Adrien la sentit effrayée. Il lui prit la main :

— Viens, je vais te faire visiter.

Il l'emmena dans le salon, puis dans la cuisine. Il lui montra la salle de bains et sa chambre.

Ils finirent enfin dans celle qu'il présenta comme la sienne.

— Il est approximativement deux heures. Il faut que j'aille travailler. Dans la salle de bains, tu trouveras des serviettes et une robe de chambre, et surtout du bain moussant. Je vais m'arranger pour être là dans deux heures, tout au plus. Ça ira ?

— Tout est parfait. Merci, lui répondit-elle dans un souffle.

Cependant, il sentait nettement qu'elle avait plus envie de fuir que de rester.

Il la prit dans ses bras ; elle se laissa faire. Il la serra et sentit qu'elle se détendait.

— Le temps d'un bain délicieux, et je serai de retour. Il y a du café dans la cuisine et de quoi manger dans le frigo. Sers-toi, je vais te mettre de la musique.

— Merci.

Il lui frôla tendrement le bras.

Le cœur serré de la quitter, il partit, craignant de ne pas la revoir à son retour.

Il s'empressa d'aller à l'agence donner les consignes à Isabelle et terminer deux dossiers en cours.

Sa secrétaire ne lui posa pas de questions. Il ne lui raconta rien. Elle se doutait que quelque chose était en train de se passer, mais elle n'émit aucune remarque.

Quand il fut sur le point de partir, elle lui souhaita un excellent week-end en souriant.

Il était environ quinze heures trente lorsque Adrien arriva chez lui, essoufflé.

Pressé, il avait presque accompli le trajet en courant.

L'appartement était silencieux, la radio éteinte. Il appela Marie, mais sans aucune réponse en retour.

Son cœur se mit à battre très fort. Il se dirigea vers la chambre et entrouvrit délicatement la porte.

Elle dormait.

Son visage était détendu. Ses cheveux raides étaient volumineux. Elle était absolument divine. Elle était habillée d'un jogging lui appartenant.

Il resta ainsi quelques minutes à l'observer dans l'entrebâillement de la porte avant de la refermer.

— Adrien !

— Excuse-moi, je ne voulais pas te réveiller.

En murmurant ces mots, il pénétra dans la chambre et s'assit sur le rebord du lit.

— Ça va ?

— Tu ne peux pas imaginer le bien que m'a fait ce bain, j'y serais restée des heures.

— J'aimerais que l'on aille t'acheter des vêtements, car j'ai l'impression que les miens sont un peu trop grands, dit-il en riant.

— Je ne veux pas t'ennuyer.

— Je suis trop heureux que tu sois là, alors laisse-moi faire, s'il te plaît !

Ils passèrent l'après-midi dans de nombreux magasins de la ville. C'est Adrien qui choisit ses vêtements.

Elle n'exprimait rien, ne jugeait pas. Elle se laissait faire.

Ils clôturèrent la journée dans un snack-bar. Elle consomma à peine son assiette. Elle l'écouta simplement lui raconter sa vie, son travail, tout en lui souriant.

Adrien espérait qu'elle finirait par lui parler d'elle, mais elle n'en fit rien. Il respecta son silence et ne lui posa aucune question.

Ils retournèrent à l'appartement les bras chargés de paquets.

Marie était épuisée. Elle préféra aller se coucher directement.

Elle en fit part à Adrien qui dissimula sa déception. Il la regarda pénétrer dans la chambre.

Il avait tellement envie de la prendre dans ses bras, de l'embrasser.

La porte se referma.

VI

Il était un peu plus de minuit. Adrien n'arrivait toujours pas à trouver le sommeil. Ses pensées allaient toutes vers Marie. Cette rencontre avait réveillé en lui de vieux souvenirs, qu'il croyait enfouis.

Elle était toujours aussi ravissante et délicate. Mais elle avait conservé ce côté taciturne.

Plongé dans ses pensées, il ne perçut pas immédiatement le grincement de la porte de sa chambre. Il se retourna enfin et l'aperçut. Elle avançait vers lui dans la pénombre. Il retint son souffle.

Elle souleva la couette et vint se blottir contre lui.

— J'ai peur, lui murmura-t-elle, comme pour se justifier.

Il étendit son bras sous sa tête et elle se cala contre lui en soupirant.

Malgré son tee-shirt, il sentit ses seins contre sa peau. Il respira son odeur.

Son cœur s'emballait. Il ferma les yeux et se mit à frémir. Il disposa sa main sur sa hanche. Elle ne dit rien et se laissa faire. Il remonta jusqu'à sa taille, si fine, presque squelettique. Il lui souleva un peu le tee-shirt. Il la sentait se détendre. Elle se colla encore plus fort contre lui.

Délicatement, il la déshabilla et caressa son corps. Sa peau était si satinée qu'il en frémit de désir. Il avait envie d'elle, envie de l'aimer, d'être heureux et de la rendre heureuse.

Il l'embrassa, d'un baiser doux et tendre. Il effleura ses seins fermes et perçut le désir l'envahir. Sa main descendit le long de l'intérieur de ses cuisses ; elle gémit, et se mit à lui caresser le bas du dos.

Adrien ne voulait pas voir ce moment s'arrêter. Il sentait son corps, il la désirait. C'était si exquis.

Ils passèrent la nuit à faire l'amour et à se caresser.

Le jour éclairait la pièce lorsque Adrien ouvrit les yeux. Le réveil annonçait dix heures. Marie dormait encore. Son visage était reposé.

Il profita de son sommeil pour l'observer.

Il aimerait tant pénétrer son secret. Comment en était-elle venue à cette situation ? Où était son enfant ?

Était-ce lui qui l'avait abandonnée ou bien le contraire ? Cet enfant devait bien avoir dix-sept ans à présent.

Marie ouvrit les yeux, soupira et lui sourit. Il l'embrassa sur le front et lui demanda :

— Tu veux un café ?

— Non, pas maintenant, je suis bien comme ça !

Il la sentit parfaitement détendue. Elle s'abandonnait dans ses bras. Il lui frôla les cheveux, d'un geste presque paternel.

— Tu sais, je peux te trouver du travail.

— Je sais.

— Ça t'intéresse ? D'accord, c'est des petits boulots, des ménages par-ci, par-là, mais cela peut représenter un début.

— Un début à quoi ?

Tout à coup, il la sentit se raidir. Le ton de sa voix était amer. Elle s'était redressée et le regardait droit dans les yeux.

Il ne concevait pas sa réaction et le lui fit savoir :

— Bon sang ! Tu veux errer toute ta vie ? Tu ne veux pas t'en sortir ou quoi ? Qu'est-ce que tu recherches à vivre comme ça ?

— Rien, c'était mon destin, lui répondit-elle, les larmes aux yeux.

— Eh bien, bouscule-le, ton destin !

Il percevait de plus en plus la colère monter en lui. Il fallait qu'il se calme, surtout ne pas la brusquer.

Marie s'était retournée et ne dévoilait rien. Il observa son dos comme s'il pouvait voir à travers. Elle pleurait.

Il lui caressa les cheveux :

— Je suis désolé, lui murmura-t-il en l'embrassant sur la nuque.

Un silence s'installa avant qu'elle réplique :

— Tu as du travail pour moi en ce moment ?

Se retournant, elle le dévisagea. Son regard soutenait celui d'Adrien.

Ce dernier, surpris, lui répondit :

— J'ai une cliente qui cherche quelqu'un le mardi et le jeudi matin pour l'aider chez elle. Le mercredi, je peux te trouver du repassage, et le samedi te mettre dans une équipe de nettoyage pour un supermarché.

— Eh bien, ce n'est pas mal… Je commence mardi si tu veux !

Il la serra contre lui. Ils s'aimèrent toute la matinée et sortirent très peu le reste du week-end, savourant chaque moment qu'ils passaient ensemble.

C'était comme s'ils avaient retrouvé leurs vingt ans. Cette époque où ils s'étaient chéris, insouciants de la vie, insoucieux de l'avenir.

Adrien comprit qu'il n'avait jamais cessé de l'aimer.

VII

Par l'immense baie vitrée, on pouvait apercevoir l'intérieur. Ce dernier était luxueux. La maison, sur deux étages, disposait d'immenses fenêtres. Elle était ceinturée par un parc, où l'herbe avait été fraîchement tondue.

Marie appuya sur la sonnette. Deux ou trois minutes s'écoulèrent avant qu'une femme vienne ouvrir. Elle était d'âge mûr, et ne convenait pas du tout au décor raffiné de la maison. Elle était vêtue d'un jogging usagé bleu marine et ses cheveux étaient entourés d'un foulard basique.

— Excusez-moi, j'étais occupée avec mon petit-fils.

— Bonjour Madame, je suis envoyée par l'agence.

— C'est vrai, nous sommes mardi ! Entrez mon petit, il fait froid. Je vais vous faire une tasse de thé.

Marie sourit à cet accueil chaleureux. La femme la fit entrer dans le salon et la pria de s'asseoir. Puis elle s'effaça dans la cuisine pour en revenir presque aussitôt avec un petit plateau où étaient posées deux tasses fumantes et une assiette de petits gâteaux.

— Merci, lui dit Marie en attrapant la tasse que la femme lui tendait.

Au même moment, un jeune enfant déboula dans l'escalier et se jeta sur le canapé.

— Mamie, je veux regarder la télévision.

— Tout à l'heure, viens que je te présente à…

— Marie.

— Marie. C'est la dame qui va venir m'aider pour que la maison soit propre et rangée, surtout après ton passage. Marie, voici mon petit-fils Tommy. Il a cinq ans, et est un peu grippé. Alors je le garde pendant que ses parents travaillent. Je pense que jeudi, il pourra retourner à l'école. Il m'en fait voir, vous savez.

Marie lui sourit et avala une gorgée de thé. Madame Martin se leva pour allumer la télévision. Quand elle se retourna, Marie était debout.

— Par où voulez-vous que je commence ?

— Mais vous n'avez pas terminé votre thé !

— Vous êtes aimable, mais je préfère m'y mettre maintenant.

— Comme vous voulez. Suivez-moi à l'étage, je vais vous montrer.

Tout en montant l'escalier, madame Martin lui commentait la provenance de tous les bibelots qui encombraient les murs et les meubles. Il ne semblait plus rester une place pour un quelconque objet supplémentaire. Comment pouvait-on rassembler autant de choses dans une seule vie ?

Marie la laissait parler, ne prêtant que très peu d'attention à ce qu'elle disait.

Sur le palier, elle lui indiqua une porte.

— Dans ce placard, vous trouverez tout ce dont vous avez besoin. J'aimerais que vous vous occupiez des deux chambres et de la salle de bains, lui dit-elle en lui indiquant les autres portes. Je serai dans la cuisine si vous avez besoin de moi.

Marie lui sourit et l'observa pendant qu'elle descendait précautionneusement les marches en se tenant à la rampe. Elle appréciait cette femme. Sa gentillesse était naturelle et réelle. Elle se sentait apaisée en sa présence.

Quand la grand-mère fut au bas de l'escalier, elle se heurta à son petit-fils qui sortait du salon en courant :

— Mamie, j'ai faim !

Elle le gronda gentiment.

— Tu vois, je t'avais dit de mieux manger tout à l'heure ! Allez, viens avec moi dans la cuisine.

Marie les regarda disparaître. Elle soupira et se dirigea vers le placard.

Il y avait assurément tout ce qui est nécessaire à l'entretien d'une maison. Elle eut l'impression de se trouver dans une quincaillerie. Elle n'utiliserait jamais tout.

Elle attrapa l'aspirateur et pénétra dans la première chambre. C'était celle de Tommy.

Des peluches et des jouets encombraient le sol. On pouvait reconnaître là un petit garçon plein de vivacité. Il avait dû exploiter une dizaine de jeux, les uns après les autres, sans s'arrêter réellement sur un en particulier.

Elle sourit et regarda autour d'elle. Les rideaux et la moquette étaient d'un bleu sombre. Un joli papier peint de la même couleur, mais d'une teinte plus claire recouvrait les murs. Il avait en plus des motifs de couleurs vives qui égayaient la pièce. Tout ici sentait la joie de vivre. Un foyer heureux et insouciant !

Marie se laissa aller à ses pensées.

— Tu veux que je te montre ma collection de voitures ?

Elle sursauta et se retourna. Tommy attendait la réponse, le sourire aux lèvres, une tartine beurrée dans les mains.

— J'adore les voitures. Montre-les-moi !

Le petit garçon s'empressa d'ouvrir une malle. Il en sortit une dizaine de petits véhicules de toutes sortes, des vieux modèles aux plus récents. Marie s'agenouilla à ses côtés et attrapa les voitures que Tommy lui tendait.

Intarissable, il lui commentait les fonctions de chacune.

— Celle-ci, c'est ma préférée. Tu vois, les portes s'ouvrent et le toit aussi. Et puis elle à une jolie couleur. Tu ne trouves pas ?

Tout en parlant, l'enfant s'appuya contre Marie, lorsque sa grand-mère l'appela :

— Tommy, laisse Marie tranquille… Allez descends, s'il te plaît !

L'enfant souffla et se leva, nonchalant. Il rangea ses voitures en faisant la moue. Quelques secondes suffirent pour qu'il recouvre son énergie. Il ramassa un ours en peluche qui jonchait sur le sol et s'écria :

— Je ne le trouvais plus !

Il disparut de la chambre en sautillant, laissant Marie à genoux, les yeux larmoyants.

Midi sonna à la pendule du salon.

Madame Martin, occupée à son tricot, se tourna vers son petit-fils :

— Tu veux bien aller chercher Marie. Dis-lui qu'elle finira cet après-midi.

Tommy posa ses crayons en soupirant et se précipita dans les escaliers. Quand il revint, il était seul.

Devant le regard interrogateur de sa grand-mère, il répondit naturellement avant de retourner à son dessin :

— Elle est partie !□

VIII

Adrien était assis à son bureau, affairé à la signature de divers contrats. Il arborait un air soucieux.

Marie n'était pas rentrée déjeuner. Il avait envie de téléphoner à madame Martin, mais il n'osait pas.

Il réfléchit afin de trouver une solution. Il finit par se convaincre qu'il devait l'appeler. Après tout, c'était son rôle de savoir tout simplement si Marie convenait. Il se devait de veiller à ce que tout se passe correctement.

Sans hésiter, il demanda à sa secrétaire :

— Isabelle, vous pouvez me donner le numéro de madame Martin ?

— Je crois que ce n'est pas la peine !

— Et pourquoi donc ?

Il n'eut pas à attendre la réponse.

Madame Martin fit irruption dans l'agence. Son visage rougeaud, ses yeux froncés indiquaient qu'elle était visiblement extrêmement en colère. Elle fonça droit vers le fond de l'agence, sans même saluer Isabelle. Cette dernière arbora un air ahuri et demeura bouche bée.

Sans avoir le temps de réagir, elle la vit pénétrer, d'un pas décidé, dans la pièce où était installé son patron.

La vieille dame plaqua ses deux mains à plat sur le bureau et fixa Damien dans les yeux :

— Comment pouvez-vous m'envoyer des gens malhonnêtes ? Une agence sérieuse devrait se renseigner sur les gens qu'elle recrute !

— Que voulez-vous dire madame Martin ? lui demanda-t-il, craignant le pire.

— Je veux dire que la personne que vous m'avez envoyée ce matin est partie avec la tirelire de mon petit-fils, mon porte-monnaie et quelques bijoux à moi. Je suis scandalisée. J'ai porté plainte et je pense que la police ne devrait pas tarder. Ils doivent me rejoindre ici.

Adrien n'eut pas le temps de reprendre ses esprits, qu'il aperçut effectivement deux policiers pénétrer dans l'agence.

L'un d'eux s'adressa à Isabelle :

— Nous aimerions parler au responsable de cette agence, s'il vous plaît.

Ils suivirent son regard qui désignait le bureau d'Adrien. Ce dernier ne bougea pas. Il restait éberlué par tout ce qu'il se passait.

À la vue des policiers, madame Martin sembla se calmer.

D'un geste de la tête, elle les salua. Elle s'empara d'une chaise pour s'asseoir et assister à la conversation. Ses gestes étaient sûrs et faisaient découvrir une femme autoritaire qui tenait à dominer la situation.

Adrien quant à lui se leva et effectua le tour du bureau pour accueillir les deux policiers. Il approcha deux chaises :

— Asseyez-vous messieurs. Je suis Adrien Bornier. Madame Martin était précisément en train de m'exposer les faits. J'en suis encore tout retourné. Mais je vous en prie, ne restez pas debout, asseyez-vous !

Ils s'exécutèrent et le policier qui semblait le plus jeune des deux sortit un petit carnet. Ce fut l'autre, le plus âgé qui formula les questions :

— Puis-je obtenir le dossier de l'employée incriminée ?

— Heu… C'est-à-dire… Disons que je n'ai pas eu le temps d'en constituer un !

— Pouvez-vous au moins nous donner un minimum de renseignements à son sujet : nom, âge, tout ce que vous savez.

— Oui, bien sûr, elle s'appelle Marie Audard. Elle a 41 ans et est originaire d'un village du Lot-et-Garonne : Courade.

— Connaissez-vous son adresse ?

Adrien marqua un temps avant de répondre. Il se sentait mal à l'aise.

La sueur lui perlait au front. Madame Martin et les policiers le fixaient, remarquant son angoisse. Il cherchait ses mots, ne sachant pas trop comment exprimer la situation. Ses idées étaient confuses :

— C'est-à-dire que... Eh bien, voyez-vous, c'est une amie d'enfance et je l'hébergeais chez moi pour quelque temps.

Madame Martin explosa de colère :

— Une amie ! Mais c'est pire que je le croyais. Vous vivez avec une voleuse et vous me l'envoyez chez moi !

— Mais jamais je n'aurais pensé... Marie n'est pas une voleuse.

— Vous me traitez de menteuse ?

— Calmez-vous, intervint le policier le plus jeune. Madame Martin, je crois qu'il serait préférable que vous nous laissiez. Nous vous tiendrons informée, ne vous en faites pas.

— Mais c'est de mon argent qu'il s'agit, reprit-elle en s'en prenant désormais à l'agent.

— Et c'est notre enquête, madame Martin, maintenant que vous nous avez confié l'affaire. Notre rôle envers vous sera de vous informer de son avancée.

Le ton était autoritaire, et la femme ne put qu'obéir. Elle promena un regard plein d'amertume sur les trois hommes. Elle finit par se lever.

Le ton qu'elle employa pour prendre congé montra combien elle se sentait humiliée :

— Eh bien ! J'attends de constater vos résultats !

Puis se tournant vers Adrien :

— Je n'ai plus confiance en vous. Vous imaginez, cela aurait pu être pire. J'avais mon petit-fils avec moi à la maison. Plus jamais je ne passerai par votre agence. Messieurs au revoir, dit-elle, à l'attention des agents.

Elle sortit. Valérie la suivit du regard, un sourire en coin.

Adrien sentit la terre s'effondrer sous lui. Comment Marie avait-elle pu lui faire ça ? De l'argent, il aurait pu lui en donner. Il voulait l'aider, lui donner une nouvelle chance.

Que s'était-il passé ? Elle qui était si droite, si honnête. Il demanda :

— Com… Combien a-t-elle pris ?

— 250 euros plus des bijoux estimés à environ 4 000 euros. Depuis combien de temps vivait-elle chez vous ?

— Depuis vendredi. Nous nous sommes retrouvés par hasard. Elle ne possédait pas de travail, alors j'ai voulu l'aider.

— Vous la connaissiez bien ?

— Nous sommes du même village. Nous nous sommes perdus de vue lorsque nous avions vingt-deux ou vingt-trois ans. Elle a été ma première petite amie.

— Connaissez-vous sa date de naissance ?

— Le 12 septembre 1966.

— Connaissez-vous les endroits qu'elle fréquente ?

Adrien réfléchit. Il ne voulait pas leur raconter dans quelle circonstance il avait retrouvé Marie.

— Non, je n'en ai aucune idée. Je vous l'ai dit. Nous ne nous sommes pas revus depuis des années. Je n'ai plus entretenu de contacts avec elle.

— Je vous remercie. Nous allons nous renseigner afin de savoir si elle n'était pas déjà recherchée. Au revoir, monsieur Bornier, je pense que nous aurons encore besoin de vous.

— Je reste à votre disposition.

Ils quittèrent l'agence, laissant Adrien effondré, le visage pâle et le regard lointain.

— Marie, pourquoi m'as-tu de nouveau trahi ?

Il ne sut pas combien de temps s'écoula avant qu'il ne reprenne ses esprits. Il leva les yeux vers Isabelle. Elle l'observait furtivement, cherchant une idée pour lui venir en aide. Cet air navré qu'il affichait lui faisait de la peine. Elle lui sourit :

— Je fermerai l'agence si vous voulez. Si je peux vous être utile, n'hésitez pas !

— Merci Isabelle. Heureusement que vous êtes là.

Il attrapa son blouson et, comme un automate, se dirigea vers la porte.

— À demain Isabelle.

— À demain monsieur Bornier.

Le vent était glacial, mais Adrien ne le sentit même pas.

Il se dirigea vers le boulevard d'Europe, espérant trouver Marie sur les marches du bureau de Poste. Elle n'y était pas.

— Qu'espérais-tu, Adrien ? Qu'elle soit là à t'attendre et à mendier ? Elle a dû quitter la ville.

Il erra dans les rues, espérant la trouver. La nuit commençait à tomber. Il devait se résoudre à rentrer chez lui.

Il poussa la porte de l'appartement en retenant son souffle, et se dirigea directement vers la chambre de Marie. Ses vêtements étaient encore dans la penderie. Il chercha dans chaque pièce un message, un indice qu'elle aurait pu laisser. Rien !

Désespéré, il consulta son téléphone et alla sur un site d'annuaire téléphonique afin de se procurer le numéro des parents de Marie.

Il consacra sa soirée à chercher dans tous les départements, mais il dut se résigner. Peut-être étaient-ils décédés.

Il ne mangea pas ce soir-là. Il alla se coucher directement et pensa à Marie toute la nuit, sursautant au moindre bruit, croyant que c'était elle qui revenait. Son sommeil fut troublé par des rêves étranges, mêlant la Marie d'autrefois et celle d'aujourd'hui. Madame Martin apparaissait avec un visage difforme. Elle les poursuivait et il entraînait Marie dans une course effrénée pour l'aider à s'échapper.

IX

Le train entra en gare de Courade. La pendule sur le quai indiquait dix heures et trois minutes. Peu de voyageurs descendirent.

Adrien attrapa son sac au bout du wagon et descendit du train. C'était une matinée agréable, ensoleillée et sans vent. Il y avait une activité modérée dans la gare. Il s'empressa de traverser le hall pour se retrouver dehors, devant une route étroite de campagne qui menait au village. Il pouvait apercevoir le clocher qui dépassait des vieux toits.

Il s'arrêta quelques minutes. Rien n'avait changé. Tout était comme il y a près de vingt ans, le jour où il était parti de Courade.

Sa mère l'avait rejoint à Toulouse, dans les mois qui avaient suivi. Adrien avait perdu son père, décédé d'un cancer, alors qu'il n'avait pas quatorze ans.

Il avait été enterré près de Toulouse, dans son village natal. N'ayant plus de famille à Courade, Adrien n'était jamais revenu.

Le cimetière se situait sur la route du village. Il décida de s'y arrêter, afin de vérifier si les parents de Marie étaient décédés. Il poussa le portail monumental et commença à inspecter la première rangée. Il lut des noms de personnes qu'il avait vaguement connues et qu'il avait oubliées.

Pour certains, il revoyait leurs visages, comme si c'était hier. Notamment concernant un homme : Alain Grandu.

D'apercevoir sa tombe fut consternant pour Adrien. L'homme était déjà âgé quand il avait quitté son village natal. Mais ce dernier faisait partie des personnalités de la commune. C'était quelqu'un de si présent dans tous les événements, si impliqué auprès de la population ! Chacun le connaissait et l'appréciait. On le retrouvait dans les fêtes du village et il était fréquemment invité. Il profitait de la vie à un point qu'il était impensable qu'il puisse disparaître un jour. C'est donc presque étonné qu'il s'arrêta devant sa tombe.

Il se remémora la fois où cet homme s'était installé à sa table au café. Il ne quittait pas des yeux une personne assise un peu plus loin et qui lui tournait le dos.

On apercevait une chevelure voluptueuse, d'un châtain clair.

Tout en prenant place auprès d'Adrien, il lui avait demandé :

— Tu sais qui est cette beauté assise devant nous.

Et avant que le jeune homme puisse répondre, la personne se retourna pour réclamer un café.

Alain Grandu resta sans voix, tandis qu'Adrien partit dans un fou rire. L'inconnue était en fait un homme.

L'anecdote lui revenant en mémoire, il se surprit à sourire.

Puis, il localisa la tombe qu'il recherchait :

« Corinne et Richard Audard, morts accidentellement le 8 mars 1986 ».

Marie avait perdu ses parents, cinq ans après qu'il eût quitté Courade !

— Cela a dû être extrêmement pénible pour elle. Elle les aimait tant !

Attiré par ses souvenirs, il continua d'inspecter les noms des autres tombes. Il s'arrêta, stupéfait, devant une pierre tombale où s'inscrivait.

« Philippe Boisson, mort accidentellement : 1er juin 1962 – 8 mars 1986 ».

— Philippe, le père de l'enfant de Marie. Il est mort le même jour que monsieur et madame Audard. Mais alors ?...

Il inspecta les autres tombes. Il avait peur de découvrir le malheur qui avait poussé Marie au désespoir.

Ce fut la dernière sépulture. Elle était toute petite, sans fleurs, ni entretien. Une pierre tombale entièrement abandonnée. Adrien pouvait y apercevoir le visage angélique et rieur d'un petit garçon :

— Thomas Boisson, 23 décembre 1981 – 23 décembre 1986, lut-il à voix haute.

Adrien sentit les larmes lui monter aux yeux. Marie avait tout perdu, et son enfant qui était mort le jour de son anniversaire, deux jours avant Noël.

Il aurait dû être là, auprès d'elle pour la soutenir. Pourquoi avait-il tout abandonné et était-il parti sans garder contact ? Pourquoi ne lui avait-elle rien dit ? Elle s'était retrouvée seule, sans famille. Il commençait à la comprendre, mais il voulait en savoir plus sur ce qu'il s'était passé. Les dates ne concordaient pas.

Il observa la photo de l'enfant, se promettant de revenir fleurir sa tombe.

— Ne t'inquiète pas, je veillerai sur ta maman, je te le promets.

Il quitta le cimetière, le cœur gros. Il remonta jusqu'au village.

La vaste place centrale n'avait pas changé, malgré toutes ces années. C'était le jour du marché et il y avait beaucoup d'animation. Adrien éprouvait l'impression que tout le village s'était donné rendez-vous.

Il lança un regard circulaire et constata que certains magasins avaient disparu.

Il retrouva cependant l'épicerie où il allait chercher ses bonbons lorsqu'il était enfant. La devanture était sale et poussiéreuse et des affiches recouvraient presque la totalité de la porte.

Il se dirigea vers l'hôtel de la place, l'Hôtel de France. Il n'y avait personne à l'accueil. Il appela.

Au bout de quelques minutes, Adrien commença à s'engager dans l'escalier, lorsqu'une voix derrière lui l'arrêta.

— Monsieur ?

— Ah, bonjour, c'est pour une chambre pour une nuit s'il vous plaît.

— Avec sanitaires dans la chambre ?

— Oui, s'il vous plaît.

La femme lui tendit un trousseau de clés.

— Chambre 13, au premier, installez-vous. Vous reviendrez me voir par la suite. Je serai dans la cuisine, lui annonça-t-elle en disparaissant derrière une porte.

Adrien haussa les épaules. Après tout, ce n'était pas un palace et il ne désirait qu'un endroit où dormir, et non un comité d'accueil.

Il localisa aisément la chambre. Elle était étroite, le lit prenait toute la place et la tapisserie était ornée d'horribles fleurs. Le mobilier était de plusieurs styles, mais la chambre était impeccable.

Adrien disposa son sac sur le lit et entrouvrit la fenêtre qui donnait sur la place.

— Même le marché n'a pas changé, il n'y a que les événements qui changent ! s'exclama-t-il à lui-même.

Il se débarrassa de son blouson et descendit régler la chambre avant de sortir. Il faisait bon, le soleil était presque chaud, les terrasses des cafés étaient noires de monde.

Adrien tourna dans une rue étroite, très étroite, pavée par moments. Il continua ainsi sur cinquante mètres avant de déboucher sur un chemin.

Rien n'avait changé. Il se rappelait les balades à travers champs, comme celui-là même qui se présentait devant lui. Il resta ainsi, immobile, plongé dans les souvenirs avant de s'engager sur le chemin.

Il marcha ainsi pendant une centaine de mètres avant de s'engager dans un bois. Il commençait à discerner le bruit de l'eau, d'une cascade plus exactement. Rapidement, un spectacle sublime se présenta à lui.

L'eau tombait du rocher qui surplombait la rivière. À travers ses filets, on pouvait apercevoir une sorte de grotte, leur refuge d'autrefois. Il eut presque l'impression de réentendre leurs rires. Aussitôt, ses pensées l'emmenèrent des années en arrière. Il se revoyait avec les enfants du village et surtout Marie, se baignant. Leur jeu favori, bien entendu, était de se mettre sous la cascade afin de laisser l'eau tomber sur leurs épaules.

Puis, ils se dissimulaient au fond de la grotte. Celle-ci était protégée par la barrière d'eau. Certaines scènes lui revinrent à l'esprit et il se mit à pouffer, prêt à éclater de rire.

Il ne savait pas combien de temps il était resté ainsi, plongé dans un lointain passé. Quand il reprit ses esprits, il s'aperçut qu'il s'était machinalement assis sur une pierre :

— Reviens au présent mon petit Adrien !

Il emprunta le chemin du retour et se retrouva sous peu sur la place. Il y avait toujours autant de monde.

Après tous ces jours de pluie, les gens semblaient profiter de cette journée exquise. Un brouhaha et des rires résonnaient.

Adrien plongea son regard de l'autre côté. Il leva les yeux et déchiffra l'enseigne qui se présentait à lui : « Café du Commerce ».

C'était l'endroit où Marie et lui se retrouvaient. C'était ici qu'ils se réunissaient avec leurs amis, Philippe, William et Valérie. C'était au demeurant le père de William qui en était le gérant à l'époque.

Il se revoyait, écoutant « Couleur menthe à l'eau » au juke-box, organisant des concours au flipper ou au baby-foot. Il revoyait Marie se pencher au-dessus du bar, en l'absence du patron et de son fils, afin d'attraper les boîtes de bonbons. Le café faisait partie de leurs occupations hivernales. Ils y consacraient toutes leurs soirées d'hiver à consommer des boissons chaudes.

Les soirs d'été, ils allaient manger près de l'immense chêne, après s'être baignés à la rivière. Même adolescents, ils s'amusaient à des jeux puérils, tels que le chat perché ou la puce. Parfois, tout simplement, ils grimpaient chacun sur une branche l'arbre et se racontaient des histoires.

Le samedi soir, ils allaient dans les bals organisés par les comités des fêtes des villages aux alentours.

C'était cela leur jeunesse, ils ne pensaient qu'à s'amuser et à s'imaginer un monde adulte où tout irait pour le mieux.

X

Adrien pénétra dans le café. Comme pour la terrasse, toutes les tables étaient occupées. Il s'arrêta dans l'encadrement de la porte et lança un regard circulaire avant de se diriger vers le comptoir où se trouvait un tabouret inoccupé.

Les peintures avaient été refaites certainement depuis peu. Les tables en formica avaient été changées contre de plus modernes. Mais le décor était resté identique. Les mêmes miroirs, tableaux et photos.

Sur une étagère, au-dessus de la caisse, il y avait des coupes de l'équipe féminine de football locale ainsi qu'une photo d'elle.

Il se rappela. Marie avait horreur de ce sport. Elle ne comprenait pas que l'on puisse se passionner aveuglément pour des gens qui couraient derrière un ballon dans le but de le mettre dans les cages.

Par-dessus tout, elle trouvait ce loisir trop masculin et brutal pour des filles, qui à son goût n'avaient plus aucune féminité.

Elle évitait de venir, lorsque le dimanche l'équipe venait célébrer sa victoire ou se consoler d'une défaite après un match. Adrien n'avait jamais compris pourquoi elle était si déterminée dans ses propos. Elle ne laissait aucune place à la modération. Aussi, avec elle, il esquivait le sujet.

— Je vous sers quelque chose ?

La question fit sursauter Adrien qui eut l'impression de percevoir un écho, étant concentré sur ses souvenirs.

Il se retourna vers la personne qui venait de s'adresser à lui. L'homme était joufflu et bien enrobé.

Son crâne était dégarni, mais il le reconnut immédiatement :

— William ?

L'homme le dévisagea quelques secondes avant d'arborer un immense sourire :

— Adrien… Adrien Bornier, alors là… Salut vieux frère, viens que je t'embrasse, lui lança-t-il en faisant le tour du comptoir.

En un rien de temps, Adrien fut avalé par d'énormes bras. Il laissa échapper, malgré lui, un soupir étouffé en se sentant ainsi écrasé. Puis William le repoussa afin de le tenir par les épaules et pouvoir ainsi mieux l'observer.

— Tu n'as pas changé. Quelques cheveux grisonnants, mais tu demeures du moins le même.

Puis, il se tourna vers la cuisine et appela d'une voix puissante :

— Marcelle… Marcelle… Viens voir qui nous arrive !

Adrien se rendit compte que le bruit avait cessé dans le bar et que tous les regards étaient tournés vers lui. Cela ne dura que quelques secondes. Après que chacun eut pu observer le sujet de cette expansion de joie, les bavardages reprirent de plus belle.

Une petite femme boulotte sortit d'une pièce derrière le comptoir, un torchon à la main. Ses yeux étaient cernés.

— Marcelle, viens voir que je te présente Adrien Bornier… Adrien, voici ma femme Marcelle. Je te présenterai ma fille à un autre moment. Je ne sais pas où elle est. Elle ne tient pas en place… Tu verras, elle n'a pas douze ans, mais c'est déjà un beau petit bout de bonne femme.

Adrien tendit la main à Marcelle qui la lui serra en souriant :

— J'ai l'impression de vous avoir toujours connu. William m'a tant parlé de vous. Vous êtes là pour longtemps ?

— Non, je repars demain.

— Déjà, s'étonna William, mais tu es arrivé quand ?

— Aujourd'hui ! Je voulais juste effectuer un petit retour dans le passé. Un rien nostalgique, dit-il en riant.

— Cela fait plaisir de voir que tu n'oublies pas les amis. Viens à la cuisine, on va boire quelque chose !

William entraîna son ami par l'épaule.

Marcelle avait déjà disparu sur la terrasse, affairée à débarrasser les tables qui se libéraient.

Le cafetier servit deux bières pression avant de rejoindre Adrien. Ils s'assirent.

William voulait tout savoir sur lui et il lui posait un millier de questions, s'ébahissant presque à chaque réponse. Adrien s'exécutait.

Puis ce fut au tour de son ami de raconter l'histoire de sa vie. Ils en vinrent au passé, et rirent à certains détails remontant dans leurs souvenirs.

Quelquefois, Marcelle venait continuer sa vaisselle, sans faire de bruit, le sourire aux lèvres de les entendre s'esclaffer.

Une fois que chacun eut résumé sa vie, un silence s'installa.

Ce fut William qui reprit le premier :

— Le samedi est un jour où nous avons beaucoup de travail, quoique les autres jours, ce ne soit pas mal non plus. J'attends le calme de l'hiver pour emmener Marcelle et ma fille Flore en vacances. Marcelle en a besoin, elle travaille énormément, tu sais.

— Elle a l'air d'être courageuse. Et ton père, comment va-t-il ?

— Oh, tu sais, depuis que j'ai repris le café, il emploie son temps à la pêche et à la chasse avec ses collègues. Parfois, ils viennent boire un verre. C'est dans ces moments que je le vois le plus. Ils forment une sacrée équipe tous, tu verrais ça ! Lorsqu'ils viennent ici, on ne s'entend plus. Toujours en train de se vanter de ce qu'ils ont attrapé. Et toi, et ta mère ?

— Je la vois rarement. Elle voyage fréquemment avec le club du troisième âge. Elle s'est inscrite à toutes les activités. Plus elle prend de l'âge et plus elle fait preuve d'énergie.

— Autant que je me souvienne, elle a toujours été extrêmement active.

Adrien sourit. Il hésita. Il voulait interroger William au sujet de Marie :

— Tu as des nouvelles de Valérie ?

Il n'arrivait pas à aborder le sujet directement :

— Valérie, bof, non… Elle est partie quelques mois après toi afin de tenter sa chance à Paris. Elle a dû la trouver parce que je n'ai plus jamais entendu parler d'elle à part quelques courriers au départ. Je n'ai jamais compris ce qui l'attirait là-bas. Elle disait continuellement que pour réussir, il fallait travailler dans une grosse boîte, donc dans une ville opulente. Bref, quoi qu'elle ait fait, elle s'est construit une autre vie là-bas.

Adrien observait William. Il n'osait pas prononcer le nom de Marie ou de Philippe. William le comprit. Lui aussi paraissait gêné.

Il abaissa la tête et se mit à parler doucement, presque à lui-même.

— Tu sais, il est arrivé une histoire sordide à Philippe et…

Sa phrase se termina dans le vide, suivie d'un silence. Adrien n'émit aucune allusion au sujet du cimetière et laissa William trouver ses mots.

Ce dernier reprit :

— Quand Marie se retrouva enceinte, c'était de fait un accident suite à un pari absurde, un soir où nous avions tous vraiment trop bu.

Il soupira, hésita et continua. Adrien ne formula aucun commentaire, ni aucun reproche.

Pourtant, William continua d'une voix coléreuse presque comme s'il s'était senti agressé par son ami :

— D'accord, ce n'était pas si innocent que cela, mais c'était, disons… Une bêtise de jeunesse… Une bêtise de jeunesse qui a brisé plusieurs destins.

La dernière phrase ne fut qu'un murmure, si bien qu'Adrien fut obligé de se rapprocher de lui pour pouvoir l'entendre.

— Marie a accepté de se marier avec Philippe à cause de l'enfant. Philippe le savait parfaitement bien, mais il aimait Marie. Il se disait qu'avec le temps, elle finirait par s'attacher à lui. Lorsque tu es parti, elle a eu du mal à s'en remettre, elle ne riait plus, ne sortait plus. Philippe a tout fait pour la rendre heureuse et il y est un peu arrivé… Avec le temps…

William releva la tête, les yeux embués. Il avala une gorgée et continua :

— Les mois ont passé. Ils avaient un adorable petit garçon, Thomas. Je le revois gazouiller dans le café. Marie travaillait quelques heures à l'épicerie et Philippe avait trouvé un emploi de livreur. Ils habitaient chez les parents de Marie. Et puis un jour, ce fut le drame…

William se tut. On sentait que sa gorge était nouée. Il respira très fort avant de continuer :

— Tu sais presque tous les samedis soir, nous mangions ensemble. Nous sommes même allés en vacances à Biarritz tous les trois. C'est du reste là que j'ai rencontré Marcelle. Marie et elle sont devenues aussitôt d'excellentes amies. Elles se confiaient l'une à l'autre. Marie lui parlait fréquemment de toi.

— Que s'est-il passé ?

— C'était le jour de la fête fleurie du village. Marie travaillait à l'épicerie, c'était un samedi matin. Thomas voulait aller voir le cirque qui s'était installé à une vingtaine de kilomètres d'ici. Philippe et les parents de Marie décidèrent de l'y emmener et de manger dans un fast-food qu'il adorait. C'est Philippe qui conduisait. Lorsqu'ils sont arrivés à Domard, ils ont emprunté la déviation. Au moment de doubler un camion, ce dernier a déboîté…

William se tut, les larmes aux yeux.

Adrien, tête baissée, gardait toujours le silence, attendant que son ami continue :

— Marie est venue consommer un café ici pendant sa pause déjeuner. Je me rappelle, je la blaguais. Elle riait lorsque des clients sont entrés commentant un « sacré » accident qui venait d'arriver. Ils ont décrit une Toyota rouge, du moins ils le pensaient parce que la voiture était méconnaissable. Ils avaient été choqués par le corps d'un petit garçon allongé dans l'herbe.

William laissa aller son chagrin et sanglota :

— Je revois la scène comme si c'était hier. Je l'ai en mémoire à vie.

Un sanglot l'empêcha de continuer.

Adrien avait la gorge nouée par la douleur qu'il ressentait. Lui non plus ne pouvait pas parler. Il lui semblait que ce qui était arrivé à Marie le concernait directement.

Ils avalèrent une gorgée et William put poursuivre :

— Marie est devenue blême. Elle n'a rien dit. Elle m'a juste regardé. Je me souviendrai toujours de ce regard. Puis elle s'est évanouie. Les jours qui ont suivi ont été terrifiants. Les parents de Marie ainsi que Philippe sont morts sur le coup, mais pas Thomas. Il est resté dans le coma. Il a fallu l'amputer d'une main.

William s'arrêta. Il pleurait.

Adrien ne put contenir ses larmes non plus. Son ami continua :

— Elle a enduré d'apercevoir ainsi son fils !

Marcelle entra dans la cuisine à ce moment, les mains chargées de vaisselle qu'elle posa dans l'évier. Elle étendit ses bras autour des épaules de son mari :

— Vous parlez de Marie n'est-ce pas ?

Ni l'un, ni l'autre ne répondit. William n'avait plus la force de raconter. Elle le comprit et ce fut elle qui continua :

— Marie a tant enduré. Son enfant dans le coma, cassé en mille morceaux. Elle passait ses jours et ses nuits à son chevet. Elle lui parlait tout le temps, lui racontait des histoires. Elle lui achetait une quantité de jouets, les lui décrivait. Elle a laissé tomber son travail, du jour au lendemain. Elle a cédé la maison familiale à un prix sacrifié, pour subvenir à ses besoins et à ceux de Thomas.

Les médecins ne lui accordaient que peu d'espoir et pourtant durant tout ce temps, elle a fait preuve de courage.

Nous l'avons aidée comme nous avons pu, mais nous nous sentions tellement impuissants. Puis, le jour de l'anniversaire de Thomas, son petit cœur a lâché. Marie n'a pas supporté. Elle était vidée de toute vie, comme si son fils avait emporté une partie d'elle-même.

Marcelle ne pleurait pas, son regard fixait la fenêtre ou peut-être un objet ou quelqu'un à l'extérieur.

Elle souffla et contempla Adrien à nouveau :

— Les années suivantes, elle les a passées dans plusieurs hôpitaux psychiatriques. Puis, lorsqu'elle a commencé à aller mieux, elle a été placée dans une maison de repos. Le jour de sa sortie, William est allé la chercher pour la ramener à la maison afin qu'elle vienne vivre avec nous… Mais lorsqu'il est arrivé là-bas, elle n'y était plus.

William et Marcelle se regardèrent. C'est William qui conclut alors que sa femme repartait vers la salle du café.

— Cela fait onze ans que nous ne l'avons plus revue.

XI

Il était encore tôt ce matin-là. Cela faisait quinze jours qu'Adrien était retourné à Courade. Il avait fleuri la tombe de Thomas et des parents de Marie, avant de partir.

Depuis, chaque jour qui passait, il ne pouvait s'empêcher de penser à elle, à tout ce qu'elle avait enduré.

Sans plus aucun espoir, elle avait dû vivre comme une mendiante. Maintenant, il légitimait son attitude.

Lui, il faisait partie du passé, d'un passé tragique que Marie voulait oublier. Tout ce qu'il avait pu lui apporter n'était que de vieux souvenirs.

La porte de l'agence s'ouvrit, sortant ainsi Adrien de ses pensées. C'était madame Martin qui entrait.

Béat, il se leva pour l'accueillir. Son sourire surprit Adrien.

Elle lui tendit une boîte :

— Je tenais à vous tenir informé. Veuillez excuser mes propos de la dernière fois, mais j'ai eu peur et j'étais tellement en colère… Et puis regardez, j'ai reçu ceci hier.

Elle disposa la boîte sur le bureau et continua :

— Elle m'a tout renvoyé : les bijoux et l'argent, sans un mot par contre. Je suis passée au commissariat afin de renoncer à ma plainte.

Adrien se tenait debout, les bras contre le corps, sans pouvoir articuler un mot.

Après un moment de silence, il réussit à demander :

— Le cachet de la Poste, d'où est-il ?

Elle poussa le paquet vers lui, un peu surprise. Le cachet indiquait Nîmes. Était-elle à Nîmes ? Avait-elle décidé de commencer une nouvelle vie ? Avait-elle trouvé du travail là-bas ?

Adrien sentit de l'espoir renaître. Il regarda madame Martin et lui dit :

— Je suis ravi que cela se termine ainsi. C'était une femme ce qu'il y a de plus honnête. Malgré cette erreur de parcours, cela se confirme cependant. Excusez-moi de vous avoir fait endurer ce moment inopportun. Je ne voulais pas ça.

— Je le sais bien, ne vous inquiétez pas. On sera plus méfiant tous les deux. La prochaine fois, vous n'aurez qu'à m'envoyer quelqu'un que je connais, dit-elle en souriant.

— Merci, ne put que répliquer Adrien.

Sur ce, elle reprit son paquet et sortit.

Adrien se mit à réfléchir. Il partirait pour Nîmes dès le week-end prochain. Il irait dans tous les quartiers, visiterait chaque rue, chaque boulevard. Il était assuré de la retrouver.

Comme pour se rassurer, il se dit :

— Le monde est petit et l'on finit inéluctablement par se rencontrer.

La semaine lui parut interminable. Son esprit s'évadait et il n'arrivait pas à se concentrer. Heureusement, Isabelle était présente pour le seconder.

Le samedi après-midi suivant, enfin, il posa le pied sur le quai de la gare de Nîmes.

À l'extérieur, il ne pleuvait pas comme à Toulouse. Un vent glacial l'accueillit. Il frémit et remonta la fermeture éclair de son blouson. Il y avait peu de monde dans les rues à cette heure avancée de l'après-midi. Il croisa quelques personnes, la tête baissée comme pour échapper au froid de ce début d'hiver.

Il repéra un hôtel modeste dans les rues historiques du côté des Arènes. Il ne s'accorda pas le temps de ranger ses affaires, pressé de s'élancer dans les rues du centre-ville.

Il guettait chaque personne qu'il croisait, surtout celles qui tendaient la main pour quémander une pièce. Il s'arrêtait devant chaque café, en scrutait l'intérieur sous le regard étonné des serveurs.

Il était près de vingt et une heures lorsqu'il dut se résigner. Les rues étaient désertes, les commerces fermés et Adrien était au bord du désespoir.

Il s'engagea sur le boulevard extérieur et tomba sur un restaurant modeste, où il se commanda un repas frugal, qu'il entama à peine. Il n'avait pas faim.

Ce soir-là, il se coucha, convaincu qu'il ne reverrait plus jamais Marie.

L'espoir revint avec le jour.

Il se leva, déterminé. Il était encore tôt et son train ne partait qu'à dix-sept heures trente. Il bénéficiait de la journée pour la retrouver.

Il prit une douche rapide et un petit déjeuner, composé uniquement d'un café et d'un croissant. Il rassembla ses affaires dans un sac qu'il déposa à l'accueil de l'hôtel.

Lorsqu'il se retrouva dans les rues vides, il réalisa que c'était dimanche. Les magasins étaient fermés et les gens étaient confinés chez eux.

L'espoir de retrouver Marie était modeste.

Dès qu'il apercevait une personne aux cheveux châtains, son cœur se mettait à battre très fort. Il voyait Marie en chacun des passants. Mais il réalisait à chaque fois, avec peine, que ce n'était pas elle.

Il consacra la journée à errer. La ville lui semblait immense, tout à coup.

Jamais il ne la retrouverait. Peut-être n'était-elle plus sur Nîmes, tout simplement.

L'heure du départ approchait.

Adrien se sentait amer. Il était fatigué, désespéré. Il ne désirait pas partir. Il voulait chercher encore et encore. Mais il savait en définitive que c'était peine perdue.

Nonchalant, il se dirigea vers la gare et guetta son train, complètement abattu.

Il se sentait amer. Le destin avait fait croiser leurs chemins une nouvelle fois.

Alors, pourquoi maintenant s'acharnait-il contre lui ?

Il avait envie de pleurer et de hurler.
Le train fit son entrée en gare.

XII

Marie se réveilla, l'estomac nauséeux d'avoir trop fumé. Une douleur aiguë lui martelait les tempes. Elle se sentait épuisée et sale. Oui, surtout souillée, très souillée. Elle n'avait pas envie de se lever, elle voulait juste se rendormir.

Ne plus jamais se réveiller, dormir jusqu'à se laisser aller dans l'autre monde.

Chaque matin, son quotidien lui revenait comme un boomerang. Un réveil qui la ramenait à la réalité brutale qu'était sa vie.

Seul le sommeil semblait être le meilleur allié.

Des larmes se mirent à couler sans qu'elle en identifie la cause. Elle se lova sous la couette.

Oui, encore un moment de réconfort !

Elle referma les yeux et essaya de laisser glisser son esprit vers le bien-être :

— Encore un peu, se dit-elle.

Mais elle n'arrivait pas à se laisser aller. Sa tête la faisait souffrir. Elle se leva, le carrelage était froid. Avec peine, elle se dirigea vers la salle de bains. Elle se saisit de la boîte d'aspirine dans l'armoire, en fit tomber deux dans un verre qui se trouvait sur le lavabo. Elle s'assit lourdement sur le rebord de la baignoire.

L'effervescence de l'eau l'attira et elle resta là, à contempler les bulles remonter à la surface.

Un coup sec à la porte la fit sursauter. Sans avoir le temps de répondre, ni l'envie, la porte s'ouvrit.

— Alors, qu'est-ce que tu fous ? Tu as aperçu l'heure ?

Le ton était autoritaire et glacial. Marie en frémit.

— Tu as vu ta tête ? Tu t'es encore défoncée ! Regarde-toi !

Tout en proférant ces paroles, l'homme lui empoigna le bras et le menton. Marie se laissa faire malgré la brusquerie du geste et elle se retrouva devant un miroir qui refléta une image qu'elle détestait. Ses cheveux étaient en bataille. La beauté de ses grands yeux d'un noir intense était masquée par des poches ternes sous des paupières bouffies. Ses lèvres étaient sèches et entrecoupées de gerçures.

Assurément, elle se trouvait laide et surtout elle se sentait encore plus sale.

Elle se détestait et haïssait le reflet qu'elle apercevait dans le miroir.

Mais ce qu'elle répugnait le plus demeurait cet homme. Celui qui lui disait représenter son bienfaiteur, qui considérait qu'il l'avait sortie d'un bien mauvais pas. Du moins, c'est ce qu'il lui répétait sans cesse.

L'homme lui empoigna plus fort le menton et la projeta sur le sol :

— Tu as cinq minutes pour ressembler à un être humain et tu retournes dans la rue.

Sur ce, il empoigna le sac de Marie qui traînait sur un fauteuil, en répandit le contenu. Il en retira une liasse de billets, qu'il s'empressa d'enfouir dans sa poche, avant de se raviser.

Il en défit quelques billets et les lança vers Marie, avant de faire demi-tour et de quitter l'appartement en faisant claquer la porte.

Elle se recroquevilla sur elle-même et sanglota. Elle se mit à rêver que l'on allait toquer à sa porte. Elle irait ouvrir et là, quelqu'un, homme ou femme se tiendrait là debout, dans l'encadrement de la porte et lui dirait en souriant :

— Suis-moi, Marie, je suis venu te chercher. Cette vie est finie, une autre, exceptionnellement magnifique va commencer.

Mais aucun bruit à la porte ne se fit entendre. Elle sanglota de nouveau. Mourir, des milliers de fois elle y avait songé, mais à chaque fois une pulsion l'en empêchait.

Elle refusait de croire que sa vie se limitait à ce qu'elle vivait et pensait qu'il y aurait un jour une porte de sortie.

Elle se redressa. Une douche, oui, de l'eau très chaude sur son corps, elle en avait besoin. Un moment de plaisir où elle se sentirait enveloppée de chaleur, de propreté, un instant d'oubli de sa tristesse.

Elle avala son aspirine, se débarrassa de son tee-shirt et fit couler l'eau du jet de la douche sur son corps avant de se recroqueviller dans le bac.

Elle se demandait comment elle avait pu suivre cet homme. Depuis des années, elle errait seule. Elle était libre, dormait çà et là, faisant la manche pour subsister à ses besoins. Et puis... Il y avait eu cette rencontre avec Adrien.

Avant, elle ne réfléchissait pas, c'était comme si son cerveau s'était mis en veille. Mais, de revoir Adrien, tout est remonté à la surface. La souffrance surtout, ce sentiment angoissant qui la rendait folle.

Ce qu'elle avait mis des années à essayer d'oublier était revenu comme un boomerang.

Et par la suite, il y avait eu ce petit garçon qui lui évoquait le sien.

À son contact, elle avait tout revécu, comme si c'était hier. Elle avait eu l'impression de raviver une seconde fois ce malheur, le jour de l'accident.

Alors, elle avait décidé de fuir de nouveau pour amoindrir ce passé. Elle avait fui comme une voleuse.

Elle avait pris l'argent et les bijoux, avant de tout réexpédier à sa propriétaire, poussée par le remords d'avoir impliqué Adrien dans une situation gênante.

Malencontreusement, fuir dans une autre ville ne l'éloignait pas du passé. Elle avait toujours aussi mal. Elle n'avait même plus la force de vivre dans la rue, de mendier, ou même de mourir.

Alors un soir, assise sur un des bancs de l'esplanade, face à la gare de Nîmes, elle s'était mise à sangloter sans pouvoir s'arrêter.

Un homme s'était approché d'elle. Il lui avait parlé d'une voix harmonieuse :

— Je suis trop sensible pour voir des yeux si tristes, sans réagir, lui avait-il dit. Le désespoir vous transperce, cela se voit trop. Excusez-moi de m'incruster, mais je n'ai pas le cœur à vous laisser seule.

Tout en murmurant ces mots, il s'était assis à côté d'elle. Marie l'avait regardé, interloquée et heureuse à la fois.

À ce moment précis où elle espérait un réconfort, le miracle venait de se produire. Elle l'avait laissé s'exprimer. Ses mots étaient si délicats et sa voix si réconfortante. Il lui avait parlé de lui. Marie avait ressenti beaucoup de bien de recueillir l'histoire d'un autre.

Puis était venu le moment où il lui avait proposé de venir à son appartement. Il voulait l'aider en l'hébergeant une nuit ou deux, le temps qu'elle se sente mieux.

Il lui avait désigné la fenêtre qui donnait sur le boulevard en face, comme pour la rassurer.

En signe d'approbation, Marie lui avait souri avant de le suivre.

L'appartement était spacieux et très coquet. Elle y découvrit une salle de bains tout en marbre avec une baignoire digne des palaces. Elle se laissa aller dans l'eau tiède recouverte d'une couche épaisse de mousse. Elle y resta jusqu'à ce que l'eau soit presque froide.

Franck, c'était le prénom de son hôte lui avait donné une paire de jeans et un pull-over retrouvés dans un carton. Selon lui, ils avaient appartenu à son ex-femme :

— C'est éventuellement la seule chose qu'elle m'ait laissée. Sinon elle m'a dépouillé de tout, avait-il plaisanté.

Se sentant rassurée dans l'univers de Franck, Marie avait retrouvé un peu de réconfort malgré sa souffrance. Elle enfonça la tête dans l'eau comme pour conjurer les pensées qui la rendaient si triste, et y resta quelques secondes avant de sortir du bain.

XIII

La suite avait adopté une autre tournure.

Le canapé de Franck était parfaitement douillet. Marie s'y enfonça et replia les jambes sous elle, avant d'attraper le verre que lui tendait son hôte. Elle éprouvait l'impression de se détendre, son esprit vagabondant au rythme de la musique que l'on percevait à peine.

Elle avala une gorgée et ferma les yeux. Quand elle les rouvrit, un sourire éclairait le visage de Franck.

C'est son regard qui la frappa le plus, un regard amusé, mais aussi un regard plein de bonté et de sollicitude.

Elle se retrancha à nouveau dans ses pensées et laissa son esprit s'évader lorsqu'une voix, la voix de Franck la fit revenir à la réalité.

— Je te sers ?

Elle lui sourit :

— S'il te plaît, mais juste la moitié, le premier verre commence à me monter à la tête.

Le tutoiement était venu naturellement.

— Et alors, si cela t'aide à rire. Tu as l'air si mélancolique.

— Non, au contraire, je me sens bien ! s'exclama-t-elle.

— Alors je te ressers. Tu as un sourire éclatant et j'ai envie que tu te sentes bien.

— Oui, mais si je bois trop, je ne suis plus bonne à rien et je ne serais pas une invitée agréable.

— Peu importe ! Je ne veux rien sinon boire un verre avec toi si ça peut t'aider à aller mieux.

Elle le regarda, médusée :

— Comment peux-tu être si bon avec moi ? Tu ne me connais même pas !

— Je me sentais seul, mais maintenant, c'est différent. Moi aussi je me sens bien, et ça, ça n'a pas de prix.

Elle hésita et finit par dire :

— Alors remplis mon verre.

Et elle partit dans un fou rire qui la surprit elle-même. Son rire fut rejoint par celui de Franck, qui, entre deux éclats de rire, lança :

— Où est le téléphone ? Je vais nous commander une bonne pizza ! Tout en déplaçant son regard autour de lui à la recherche de l'objet convoité.

La soirée se poursuivit dans la joie. Ils entamèrent une seconde bouteille tout en mangeant.

Chacun mordait dans sa part de pizza avec un réel appétit.

Marie finit par demander :
— Pourquoi fais-tu ça ?
— Quoi ça ?
— Jouer le gentleman avec moi, comme si tu me respectais !
— Mais je te respecte !
— Arrête, je suis un clodo !
— Non ! Tu es la seule personne à qui je peux parler. La seule qui est en train de boire un verre dans mon appartement avec moi. Tu es celle qui me donne l'occasion de ne pas me sentir seul.
— Je ne comprends pas. Et tes amis ?
Il hésita comme s'il cherchait ses mots, souffla et continua :
— Je vis loin de ma famille et mes amis, je les ai quittés en partant. Je suis ici uniquement parce qu'une opportunité dans le travail s'est présentée. Je ne fréquente personne à Nîmes… De plus, de t'avoir vue rire, j'ai eu l'impression de servir à quelque chose. Je te dois une fière chandelle.
— Et pourtant, je ne peux pas te fournir grand-chose, lui répondit-elle. Je suis si mal moi-même.
— Tu ne veux pas me raconter ?
Marie ne répondit pas, ou plutôt ne put répondre. Aucun son ne voulait sortir de sa gorge. L'alcool commençait à la rendre morose. Elle ne put contenir ses larmes.
Franck n'insista pas. Il se leva et s'éclipsa silencieusement dans une autre pièce.

Il revint quelques secondes plus tard. Il maintenait une boîte dans la main. Il s'installa à même le sol à côté de Marie qui, dans un état second, ne paraissait pas le voir.

Il versa un petit sachet de poudre sur la table. Il attrapa un petit carré de carton rigide, dont il se servit pour rassembler la poudre en une ligne parfaite. Il attrapa ensuite un tube fin qu'il mit dans les mains de Marie. Elle le regardait désormais d'un air apeuré, comprenant où il voulait en venir.

La voix paisible de Franck résonna comme dans un écho :

— N'aie pas peur, fais-moi confiance, avec ça, ce soir, tu oublieras la douleur qui est en toi.

Ne plus avoir mal, ne plus souffrir, c'est ce que désirait Marie. De plus, il lui avait prouvé qu'elle pouvait avoir confiance.

Elle se pencha au-dessus de la table et sniffa la poudre jusqu'au dernier grain. Elle sentit son nez s'encombrer et renifla avant de se laisser basculer en arrière, la tête sur coussin du canapé.

Quelques minutes suffirent pour qu'elle ressente de nouvelles sensations, inconnues pour elle. Elle eut l'impression d'être assise dans du coton. Elle se laissa aller. Tout était merveilleux, elle se sentait bien.

Elle orienta son regard vers Franck, dont le sourire lui paraissait immense, allant jusqu'au coin de ses yeux.

Qu'est-ce qu'elle était bien !

XIV

Le soleil pointa un rayon sur ses yeux. C'est ce qui la réveilla. Elle resta un moment à fixer le plafond, essayant de se remémorer la nuit.

Elle ne se souvenait plus de rien, de ce qu'il s'était passé, si ce n'est d'avoir éprouvé une étrange sensation de bien-être.

En conséquence, pourquoi se sentait-elle si mal ? Le moment de bonheur éprouvé la veille avait disparu et tout lui semblait encore plus dur à supporter.

Elle examina la place vide à côté d'elle. Des indices lui firent comprendre que quelqu'un avait dormi à cet endroit. Elle y plaqua la main. Elle pouvait encore percevoir la chaleur.

Pourtant, elle ne se souvenait de rien.

Elle se leva et se dirigea vers la porte. Elle avait l'impression de se traîner.

Dans la cuisine, elle fut accueillie par le sourire de Franck.

Il se leva afin de verser du café dans une tasse qu'il posa sur la table devant elle. Il l'embrassa sur le front.

Elle le regarda, éberluée :

— Nous deux ?... dit-elle en inclinant la tête.

Franck se plaça derrière elle et la serra dans ses bras pour lui murmurer à l'oreille.

— Il ne s'est rien passé cette nuit. Je t'ai regardée dormir, tu étais si bien, détendue. J'ai presque aperçu un semblant de sourire pendant ton sommeil.

Marie avala sa salive et contint ses larmes en murmurant un merci.

Franck continua :

— Il faut que je parte, je t'ai laissé un peu de poudre sur la table. Cela a permis de te sentir mieux, n'est-ce pas ?

Marie ne répondit pas. Elle n'en voulait pas de sa poudre. Elle voulait rester seule et pleurer.

Franck se retira sans bruit. C'est à ce moment-là que Marie se rendit compte que sa présence la réconfortait. Elle se sentit abandonnée tout à coup.

Respectueux, il agissait exactement comme il le fallait. Il était présent quand elle en avait besoin, prononçant des mots réconfortants. Si elle n'avait pas été aussi pitoyable, elle se serait jetée corps et âme dans une relation avec lui.

Mais elle se sentait si mal qu'elle n'arrivait pas à se projeter. Son fils lui manquait tant et elle était trop marquée par toutes ces dernières années à errer. Cela n'avait rien arrangé à sa dépression. Elle n'arrivait pas à apercevoir le bout du tunnel.

Elle resta ainsi devant sa tasse, à pleurer. Elle voulait que cette douleur s'arrête. Elle voulait que Franck l'apprécie, au moins pour le remercier de sa patience et de sa gentillesse envers elle.

Éventuellement avait-il raison pour la poudre ? Elle pénétra dans le salon. Une ligne parfaite l'attendait sur la table rase. Elle hésita et s'agenouilla sur le sol, la tête appuyée sur l'accoudoir du canapé.

Elle demeura ainsi presque une heure avant de fermer les yeux. Quand elle les rouvrit, la pendule précisait dix-sept heures. Elle avait beaucoup dormi et pourtant elle se sentait si lasse, si usée.

La poudre était encore là, intacte. Elle attrapa le tube et aspira d'un seul coup.

Comme la veille, il ne lui fallut que quelques minutes pour accéder à un certain bien-être.

Franck sera fier d'elle. Quand il rentrera, elle l'accueillera avec un sourire. Ils dîneront dans la bonne humeur et elle rira même.

Elle se leva péniblement. Il lui semblait que ses pieds s'enfonçaient dans le sol. Elle en rit, encore et encore.

Un sentiment qu'elle avait oublié. Franck avait raison, cette poudre était sans danger, au contraire. Ce fut une femme enthousiaste que retrouva son hôte en rentrant. Il vit ses yeux vitreux. Après un bref regard vers la table rase, il en comprit la cause. Il observa Marie, un sourire en coin :

— J'ouvre une bouteille, j'ai envie de fêter ton excellente humeur !

Elle éclata de rire et, difficilement, elle se dirigea vers la cuisine pour en ressortir quelques minutes plus tard avec un saladier garni d'une salade composée :

— Je n'ai rien trouvé d'autre. Ton frigo est complètement vide ! Il te manque une femme, ajouta-t-elle dans un éclat de rire.

Pour toute réponse, Franck, toujours souriant, se dirigea vers elle.

Il l'enserra dans ses bras, avant de lui murmurer à l'oreille :

— Je crois que je l'ai trouvée.

Un baiser accompagna ses paroles. Marie se laissa faire et en éprouva même du plaisir. Les mains de Franck glissèrent le long de son tee-shirt et ils se laissèrent tomber doucement sur le tapis. Les moments qui suivirent furent torrides. Elle était heureuse et appréciait chaque caresse, gémissant de plaisir à chaque sensation.

Faire l'amour avec Franck fut un moment magique pour elle.

Ils se retrouvèrent quelques instants plus tard, allongés l'un contre l'autre, main dans la main. Ils restèrent ainsi plusieurs minutes jusqu'à ce que Franck se lève pour aller chercher une petite boîte dans la poche de son blouson. Il s'agenouilla près de la table rase.

Marie ne discernait pas ses mouvements. Allongée, dans un état second, elle n'apercevait que son dos nu, aux courbes parfaites.

Enfin, il se retourna vers elle, une seringue et un garrot à la main :

— Tu me fais toujours confiance ?

Elle secoua la tête en souriant. Elle se sentait euphorique. Elle lui tendit le bras.

Comment ne pas faire confiance à un homme aussi merveilleux qui l'avait aidée à reprendre goût à la vie. Les gestes de Franck furent délicats. Elle se laissa faire et bientôt elle éprouva une chaleur tout le long du corps.

Elle était si bien.

XV

Lorsqu'elle se réveilla, le jour était déjà levé depuis plusieurs heures. Elle était allongée sur le canapé, nue, la tête dans le vide. Tout était douloureux en elle. Elle ressentit de l'angoisse et eut beaucoup de mal à se lever. Elle finit par s'écrouler sur le sol, se cognant la tête contre la table rase.

Il y avait un mot, un billet de 50 euros ainsi qu'une nouvelle ligne de poudre. Elle eut du mal à lire, et dut s'y reprendre à plusieurs reprises :

« Bonjour, mon amour, fais-toi du bien. J'essaierai de ne pas rentrer trop tard. À ce soir.

Ps : si tu as le courage de remplir un peu le frigo.

Tendrement »

Elle regarda la poudre sur la table. Une part d'elle-même l'empêchait d'en prendre, mais la tentation était trop irrésistible.

Elle était en proie à l'angoisse de son passé, son corps en était meurtri, et ce marteau dans la tête…

Il ne fallut que quelques secondes pour qu'elle se sente ragaillardie. Elle appréciait la sensation que lui procurait la drogue.

Les jours, les semaines passèrent, au même rythme. Marie ne tenait plus que par ce poison.

Mais un matin, elle ne décela rien sur la table. Une angoisse intense s'empara d'elle. Paniquée, elle fouilla tous les tiroirs, les placards, renversa les coussins. Rien !

Les larmes coulaient le long de ses joues et elle commençait à avoir froid. Elle avait terriblement mal au ventre.

Elle attrapa le combiné, mais les tremblements étaient tellement puissants qu'elle ne put composer le numéro du portable de Franck. De plus, elle n'arrivait plus à se souvenir de tous les chiffres.

Elle essaya de se concentrer, mais n'y arriva pas. Son corps lui faisait terriblement éprouver le manque. Elle souffrait. Elle se mit à transpirer fortement. Elle agrippa la couverture renversée au pied du canapé et s'enveloppa avec, se recroquevillant sur les coussins jonchés sur le sol.

Elle resta ainsi, à endurer la souffrance. Dès qu'elle aperçut Franck pénétrer dans la pièce, elle crut son calvaire terminé.

Elle cria :

— Je suis en manque ! Fais-moi une ligne, vite, j'ai mal !

Franck s'agenouilla auprès d'elle, et lui souffla dans l'oreille :

— Désolé, je n'en ai plus.

— S'il te plaît ! Elle le supplia.

— Je n'en ai plus, car je n'ai plus d'argent pour en acheter, tu as consommé toute ma réserve.

— S'il te plaît, il m'en faut !

— Je suis désolé, dit-il calmement, mais je n'ai pas les moyens de t'entretenir en drogue.

Marie se redressa péniblement et s'accrocha à ses épaules :

— Va m'en chercher, je ferai tout ce que tu voudras, je t'en supplie.

— Il va falloir que tu travailles ma belle, répondit-il sur un ton plus ferme. Finie la belle vie ! Si tu veux ta dose, il faudra que tu acquières ta part.

— Tout ce que tu voudras, mais aide-moi.

Franck la souleva comme un pantin et la traîna dans la salle de bains, où il fit couler de l'eau dans la baignoire.

— Lave-toi ! Je vais te chercher quelque chose de convenable à te mettre. Tu commences ce soir, lança-t-il avant de disparaître.

— Non, ne me laisse pas seule !... Franck... Franck... hurla Marie.

Il revint quelques minutes plus tard avec une robe noire moulante et courte.

Voyant Marie couchée sur le sol en train de sangloter, il entra dans une colère indicible :

— Qu'est-ce que tu fous !

Il lui décocha un coup de pied dans le flanc.

Marie en eut le souffle coupé, de surprise et de douleur. Elle se plia en deux.

Elle réussit à dire, incrédule :

— Qu'est-ce qu'il t'arrive ? Aide-moi !

Elle vit le visage de son ami se déformer par la colère :

— Ce qu'il m'arrive, hurla-t-il, ce qu'il m'arrive ! C'est que j'ai une gonzesse accro ! Une junkie que j'ai supportée des semaines, jour après jour. Assurément, j'ai supporté une pouffiasse, une pleurnicharde, une bonne à rien. Maintenant, tu vas te laver, tu pues. Dépêche-toi ! Après, je t'emmène au turbin comme les autres.

Marie se dissimula le visage dans ses mains et éclata en sanglots. Elle ne saisissait rien, elle souffrait. Elle voulait le Franck qu'elle connaissait. Tout n'était qu'un cauchemar.

Elle réussit à murmurer :

— Franck, mon amour…

Un coup de pied inattendu vint s'abattre dans ses côtes. La douleur fut intenable.

— Ne m'appelle pas comme ça. Qu'est-ce que tu crois ? Que tu peux m'intéresser ? Mais qui peut bien vouloir de toi ? Tu n'es qu'une chienne, une larve ! Lave-toi et habille-toi, hurla-t-il en lui décochant un autre coup de pied dans la jambe.

Sur ce, il lui lança la robe et quitta la salle de bains.

Marie l'entendit s'allumer une cigarette et se verser à boire. Elle rassembla toutes ses forces et se hissa péniblement dans la baignoire.

Elle n'arrivait plus à réfléchir ; sa tête, son corps, son cœur, tout lui faisait si mal. Elle essaya de faire au plus vite et du mieux qu'elle put, sous les hurlements de Franck qui venait de temps à autre pour la presser et l'insulter.

En peu de temps, ils furent dans la voiture. Ils roulèrent longuement, jusqu'à arriver sur une route déserte. Il se gara sur le bord, puis la fixa. Sa voix et son visage s'étaient radoucis :

— Tu veux toujours ta dose ?

Marie acquiesça dans la crainte de recevoir de nouveaux coups. Son corps ne le supporterait pas.

— En conséquence, tu sais ce qu'il te reste à faire. Tu descends et tu attends ici. Dès qu'une voiture s'arrête, tu montes. Tu fais ce que le client te demande en échange de 60 euros. Je vais me garer derrière les arbres là-bas. Tu me réalises quatre passes ce soir et tu obtiendras ce que tu veux. Maintenant fous le camp !

Marie entrouvrit la portière et sortit péniblement de la voiture, freinée par la douleur de ses côtes et de son estomac.

Elle avait envie de vomir. Il faisait sombre. Seul un lampadaire éclairait à peine le coin. Elle s'y appuya.

Franck fit crisser ses pneus et s'éloigna en laissant une traînée de poussière derrière lui.

Une voiture ne tarda pas à s'arrêter à la hauteur de Marie. Elle ne réfléchissait plus. Elle était comme morte, comme éteinte à l'intérieur d'elle-même. La douleur et le manque devenaient de plus en plus insupportables. L'homme ne dit rien.

Il déverrouilla la portière et Marie monta. Ils s'éloignèrent en direction d'un chemin. L'homme alluma son plafonnier et se tourna vers elle :

— Combien ?

— 60 euros, murmura-t-elle.

Il siffla, introduisit sa main dans sa poche-revolver de sa chemise et attrapa des billets. Il lui plaqua la somme dans la main.

Puis, il défit la fermeture éclair de son pantalon, empoigna Marie par les cheveux et lui colla le visage sur son sexe avant de lui dire :

— Suce et fais-le convenablement. J'en veux pour mon argent.

Marie ne voyait rien, son cerveau ne fonctionnait plus. Elle respira une odeur pénétrante et âcre qui lui donna davantage la nausée.

Elle fit ce qu'on lui demandait.

L'affaire finie, il la ramena sous le lampadaire et s'éloigna aussitôt qu'elle fut descendue, sans un regard vers elle. Marie le vit ralentir à la hauteur de Franck pour enfin s'arrêter.

Elle comprit qu'ils se connaissaient.

Elle se sentait sale, les tremblements reprirent et la douleur à son estomac se fit tellement sentir qu'elle finit par vomir.

Deux heures et quatre clients plus tard, Franck vint la chercher. Elle monta dans la voiture.

Son corps était dénué de toute vie.

Sur le tableau de bord étaient disposés une seringue et un garrot. Marie se jeta dessus.

Le réconfort vint enfin.

XVI

Les coups, la drogue, les passes constituèrent son quotidien.

Franck était passé du rôle de petit ami à celui de maquereau violent. Ils ne vivaient plus sous le même toit. Elle logeait désormais dans un hôtel miteux, au centre de Nîmes, que lui avait trouvé Franck grâce à ses connaissances dans le milieu.

Marie ne l'intéressait plus. Elle ne l'avait jamais intéressé d'ailleurs. Pour lui cela avait juste été une proie vulnérable qu'il avait amenée à ce qu'il avait voulu. Il avait assuré son rôle à la perfection, la mettant ainsi en confiance tout en la rendant accro à l'héroïne. Puis il avait repris son identité réelle.

Marie avait rencontré d'autres filles appartenant à Franck, mais il n'y avait en aucun cas eu d'échanges entre elles.

Franck ne le permettait pas. Elles ne connaissaient rien des unes des autres, ne savaient pas comment elles étaient tombées dans les griffes d'un tel individu. Marie supposait que comme elle, elles l'avaient rencontré à un moment difficile de leur vie. Certainement, quand elles étaient vulnérables et que, comme elle, ce monstre avait su les séduire.

Marie obéissait à cet homme. Lui, en échange lui fournissait la came, cette poudre qui l'aidait à tenir. Marie ne haïssait pas seulement cet individu.

Elle se trouvait aussi répugnante que lui et savait que seule la drogue la tenait enchaînée à cette vie.

Malheureusement, elle ne pouvait pas s'en passer, et elle ne savait pas où se réfugier. Franck était constamment présent, toujours là où elle ne s'y attendait pas. Une fois, elle avait essayé de se confier à un client qui lui avait paru un peu plus humain et sensible que les autres. Il l'avait écoutée cinq minutes. Puis, il était parti presque en courant, criant que ce n'était pas ses affaires et qu'il n'était pas psy.

La correction n'avait pas tardé. Peu de temps après son départ, Franck avait débarqué comme une furie. Elle ne sut jamais si l'homme avait tout raconté ou s'il avait tout deviné.

Toujours est-il qu'il l'avait empoignée par les cheveux, la traînant sur le sol de la chambre. Les coups s'étaient mis à pleuvoir.

Elle était restée inconsciente une partie de la nuit et Franck l'avait privée de sa dose pendant plusieurs heures.

Oui, Marie savait qu'elle était une loque. Comment pouvait-elle s'en sortir ?

Les jours passaient, sans issue pour elle.

Ce matin, comme tous les matins, Franck était venu afin d'examiner sa marchandise, comme il disait tout le temps.

Il venait principalement relever les compteurs et lui montrer le pouvoir qu'il avait sur elle. Elle le haïssait.

À chaque fois, il la sermonnait et la pressait pour retourner sur le trottoir et elle s'exécutait après avoir absorbé sa dose.

Aujourd'hui, lorsqu'il eut quitté la chambre, alors seulement, elle commença à respirer.

À l'extérieur, elle eut l'impression de changer d'univers. Les trottoirs grouillaient de monde, les klaxons retentissaient. Elle se sentait revivre petit à petit en découvrant le contraste de la rue par rapport à sa chambre lugubre.

Il faisait beau et bon, et d'observer toute cette vie qui s'agitait lui faisait du bien. Elle s'arrêta à la boulangerie et acheta un croissant. Elle avait juste envie de se mêler à cette foule, de faire la queue dans les commerces du quartier, de se mêler aux autres. Elle voulait juste éprouver la sensation d'être comme eux, de mener une vie normale, de ressembler à toutes ces ménagères.

Mais la réalité la rattrapa quand elle aperçut la voiture noire de Franck se garer le long du trottoir opposé. Elle se précipita hors du magasin, afin de ne pas être vue. Elle longea la rue perpendiculaire afin d'atteindre le boulevard.

Mais un bruit de klaxon derrière elle la fit sursauter. C'était Franck qui roulait au pas afin de rester à son rythme.

— Alors, qu'est-ce que tu fous ?

— J'y vais Francky, tu vois bien !

Les pneus crissèrent laissant une odeur nauséabonde de caoutchouc brûlé, et bientôt la voiture disparut au coin de la rue.

XVII

Adrien éteignit son téléviseur et resta pensif. Les dernières images apparues sur l'écran lui marquaient encore l'esprit. Il revoyait ces jeunes banlieusards acclamant leur camarade et le verdict.

Il haïssait cette justice : crime non prémédité avec circonstance atténuante ; c'était la première fois que ce jeune avait affaire à la justice. Une erreur de parcours avait ordonné le juge. Pour les jurés, c'était quasi un accident absurde.

Il revoyait les marches du palais de justice. D'un côté, tous ces jeunes applaudissaient leur nouveau héros.

En bas des marches, les parents et amis de la victime, éplorés, qui fuyaient les lieux. Ils abaissaient la tête, comme si c'étaient eux les coupables.

L'histoire, presque banale aujourd'hui, était celle d'un adolescent de dix-sept ans. Il avait rencontré sur son chemin un trio de jeunes de son âge, venant de la banlieue voisine.

Le fait reprochable à ce garçon était de marcher avec des béquilles à cause d'une malformation du genou.

Cela amena à des brimades de la part du trio, jusqu'à la bousculade pour finir par un coup de couteau.

Crime sans préméditation. Adrien avait du mal à contenir sa colère. Se promener avec un couteau sur soi, pour lui, c'était préméditer de s'en servir.

Deux ans, une peine minimale qui avait insufflé la joie du côté des banlieusards, et anéanti la famille de la victime.

De colère, Adrien shoota dans les coussins qui jonchaient le sol.

— Modère-toi mon grand, tu délires tout seul maintenant !

Adrien sentait nettement que la colère qu'il ressentait en renfermait une autre. Il était frustré d'avoir perdu Marie une seconde fois.

Des semaines s'étaient écoulées depuis sa disparition et Adrien sortait de moins en moins. Il ne fréquentait pratiquement plus ses amis. Il s'adonnait entièrement à son travail, essayant d'oublier Marie.

Mais le soir, lorsqu'il se retrouvait seul, il se sentait malheureux.

Alors, pour se sentir moins triste, il masquait le calme de l'appartement par le bruit de la télévision. Il passait ses soirées vautré sur son canapé à contempler la chaîne d'informations afin d'orienter son esprit vers autre chose.

Il ralluma la télévision. Le présentateur parlait de crimes dans le milieu de la prostitution dans le sud de la France.

La police était en effervescence. C'était le troisième cadavre que l'on retrouvait, le troisième cadavre d'une fille, couvert de brûlures de cigarette, le corps entaillé de plusieurs coups de couteau.

L'enquête avait du mal à avancer, car dans ce milieu tout le monde se taisait par peur. La dernière victime n'avait pas vingt ans. Elle n'avait pas encore été identifiée. Dès le lendemain, on pouvait consulter la photo dans tous les journaux en première page. Malgré l'apparence cadavérique, on devinait qu'elle avait été exceptionnellement belle. Elle avait dû avoir une mort épouvantable, dans la souffrance et la peur.

Personne ne méritait cela, encore moins cette misérable fille dont le seul crime était de servir d'exemple aux autres.

Depuis quelques jours, les policiers avaient doublé les arrestations des prostituées. Mais pas une ne voulait parler. Personne ne connaissait les victimes.

Un proxénète prenait plaisir à faire mourir ses filles… Certainement pour leur montrer qu'il détenait le pouvoir.

Un pouvoir ignoble et inhumain de quelqu'un qui ne pouvait qu'être malade, comme le pensait Adrien.

Quelques heures plus tard, il était à son bureau à consulter les dernières nouvelles à ce sujet, lorsque le téléphone retentit.

Il décrocha :

— Salut vieux frère, c'est William !

— Salut, qu'est-ce qu'il t'arrive, dit-il en sentant battre son cœur très fort. Il m'appelle pour Marie ! pensa-t-il.

— Rien, c'est juste pour te saluer et maintenir le contact maintenant que nous nous sommes retrouvés.

Adrien se relâcha, quelque peu déçu.

— Merci, c'est gentil. J'avais prévu de revenir à Courade, un week-end.

— Super, je compte sur toi. Nous, nous partons demain. Toute la petite famille, pour Paris, pendant quelques jours. Je ne manquerai pas de t'envoyer une carte.

— C'est gentil, tu embrasseras tout le monde pour moi.

— Je n'y manquerai pas. Je te rappelle à mon retour, que l'on organise ton week-end parmi nous.

— Formidable ! Bonnes vacances.

Adrien raccrocha. Il n'avait rien dit à William au sujet de sa rencontre avec Marie sur le parvis de la Poste et de son escapade à Nîmes. Il se sentait un peu coupable, pensant que son ami bénéficiait du droit de savoir.

William avait veillé sur Marie pendant cette épreuve insurmontable de la perte de sa famille et de son enfant. Lui n'avait pas su être là au bon moment, ayant rompu tous les liens avec son village et ses amis par dépit.

William demeurait un ami sur qui on pouvait compter et lui, il l'avait un peu trahi en se taisant.

Il l'avait laissé parler de l'histoire de Marie, mais lui ne lui avait rien dit de ce qui l'avait motivé à revenir dans son village natal.

Il se promit d'aller le voir dès son retour de Paris et de tout lui raconter.

XVIII

Les jours passèrent, se ressemblant tous, longs et monotones.

Deux semaines plus tard, Adrien se retrouva dans le café de la place de Courade. Il bénéficia du même accueil que la première fois. Le soir, William ferma plus tôt. Avec Marcelle, ils allèrent dîner dans un charmant restaurant, dans un village voisin, réputé pour ses spécialités du Sud-ouest.

Le vin coula à flots, la conversation était à la plaisanterie, lorsqu'enfin le dessert fut servi. Tous les trois avaient pris le gâteau maison au chocolat. Personne ne parla, savourant le moindre morceau. C'est le moment que choisit Adrien pour raconter ce qui lui tenait à cœur :

— William, la dernière fois que je suis venu à Courade, ce n'était pas une visite banale.

Marcelle et William, sensibilisés par le sérieux de leur ami, s'arrêtèrent de manger et l'observèrent quelques instants avant que ce dernier ne reprenne :

— À dire vrai, j'ai revu Marie, peu de temps auparavant. J'ai croisé une femme qui faisait la manche, je l'ai reconnue immédiatement.

Marcelle proféra un cri étouffé :

— Mon Dieu !

William se taisait, mais son air fit comprendre à Adrien qu'il devait en dire plus.

Ce dernier ne se fit pas prier et raconta son histoire. William et Marcelle l'écoutèrent sans l'interrompre. Lorsqu'il eut fini, un silence gênant s'installa entre eux.

Marcelle finit par s'exclamer :

— Elle est en vie !

— Oui, mais dans quel état, coupa son mari. Comment savoir où elle se trouve maintenant ?

Adrien se sentait soulagé d'avoir parlé. Maintenant, il pouvait partager ses peines et ses angoisses avec autrui. Quelqu'un qui, il le savait, le comprenait et éprouvait la même angoisse que lui. Cela le rassurait.

Le dimanche soir, Adrien eut beaucoup de tristesse de quitter ses amis. Il se sentait de nouveau proche d'eux. Les liens, si forts, qui les avaient unis dans leur jeunesse, commençaient à se renouer.

Adrien ne s'était jamais confié à quiconque comme il venait de le faire avec William et sa femme.

Le train déserta le quai.

Adrien fit un geste de la main à William, qui lui répondit par un clin d'œil, en levant le pouce, comme pour dire :

— On la retrouvera, tu verras !

Adrien soupira, se cala dans son fauteuil et ferma les yeux.

Il se sentait bien et se surprit à sourire.

XIX

Un peu plus d'une semaine s'était écoulée depuis son escapade à Courade. Adrien était à son bureau à feuilleter le journal du jour qui annonçait une nouvelle victime.

C'était la quatrième.

Maintenant, la police émettait l'hypothèse d'un tueur fou, un serial killer, qui s'en prenait aux prostituées.

Isabelle, entrant sans bruit dans le bureau d'Adrien, projeta un œil par-dessus son épaule.

— En tout cas, dit-elle, avec cette histoire, le soir, je me fais raccompagner par mon ami.

— Vous avez bien raison, dit Adrien en repliant le journal. Néanmoins, je ne savais pas que vous aviez changé de métier, sourit-il.

Isabelle fit la moue ;

— Très malin ! Mais dans les histoires de meurtres, c'est continuellement des femmes les victimes.

Adrien sourit à sa remarque.

Elle continua :

— Je venais juste vous dire que madame Martin avait téléphoné avant votre arrivée. Elle aimerait que vous passiez la voir. Elle a ajouté que c'était capital.

Il se redressa d'un coup, faisant sursauter Isabelle par sa réaction :

— Elle ne vous a rien dit d'autre ?

— Non, c'est tout, répondit-elle surprise.

Il se leva d'un bond, manquant de renverser son fauteuil. Il attrapa son blouson et fut dehors avant de l'avoir enfilé.

C'était certainement au sujet de Marie, il en était certain. Éventuellement, était-elle revenue voir madame Martin afin de s'excuser. Enfin, il sentait en lui renaître un brin d'espoir.

Tout à ses pensées, il arriva devant la résidence de sa cliente. Tremblant, il observa la maison avant de se résoudre à sonner.

Et si Marie était là, dans cette maison, derrière ces murs ? C'est un garçon fluet qui vint lui ouvrir, suivi de madame Martin qui lui adressa un visage souriant :

— Oh, bonjour monsieur Bornier ! Veuillez m'excuser de vous avoir dérangé, mais j'ai cru comprendre que le moindre élément au sujet de votre amie Marie pouvait vous intéresser. Je vous en prie, entrez donc.

Adrien la suivit à l'intérieur jusque dans le salon. Elle lui proposa quelque chose à boire. Il accepta un café par politesse, bien qu'il fût pressé qu'elle en vienne aux faits. Il ne voulait pas la brusquer et lui montrer ainsi combien il était impatient. Il voulait se montrer professionnel.

C'était une de ses clientes et non une de ses amies.

Le temps passé à préparer le café lui sembla interminable. Il crut devenir fou lorsqu'elle le servit et lui dit :

— Oh, attendez, j'ai fait des petits sablés hier et il en reste. Je vais vous en chercher, je veux absolument que vous les goûtiez.

Elle lui adressa un clin d'œil complice en s'absentant de la pièce.

Il l'entendit brasser de la vaisselle. Il ne tenait plus en place, mais il se devait de rester courtois. Il promena son regard autour de lui.

Des objets de toutes sortes encombraient les meubles et étagères. Il se mit à penser au calvaire qu'enduraient les employées qui venaient faire le ménage.

Devant la fenêtre, le petit-fils de madame Martin jouait avec de petites voitures et un garage.

Quelques instants plus tard, elle vint prendre place dans le fauteuil en face de lui :

— Ce matin, j'ai reçu un colis pour mon petit-fils ; le garage et les véhicules que vous voyez là… Il y avait aussi un mot.

Adrien se taisait, mais son regard indiquait qu'il en attendait plus. Un regard qui était presque suppliant. Elle se redressa, entrouvrit un tiroir et en ressortit un papier un peu froissé qu'elle tendit à Adrien. Il put déchiffrer ces mots :

« Madame, je suis désolée pour le mal que je vous ai causé à vous et votre petit-fils. Veuillez me pardonner, j'ai eu un moment d'égarement qui ne me ressemble pas. Dès que je pourrai, je ne manquerai pas de venir m'excuser personnellement. Marie Audard »

Adrien releva la tête. Madame Martin devança sa question.

— Le colis a été posté ici, à Toulouse !

Adrien fut soulagé de se retrouver dans la rue. Ses nerfs étaient à vif. Il fallait qu'il bouge.

Après l'annonce de madame Martin, il avait dû supporter ses commentaires sur son petit-fils. Les critiques sur la jeunesse, avant qu'elle ne finisse sur le monde actuel et sur ce qu'il faudrait faire.

Maintenant qu'il était dans la rue, il pouvait respirer. Il marcha vite jusque chez lui. Il monta l'escalier quatre à quatre et se dirigea vers sa salle de bains dont il claqua la porte.

Il laissa échapper un cri avant de se laisser choir sur le bord de la baignoire et de sangloter. Il resta ainsi quelques instants avant de reprendre ses esprits.

Il aspergea son visage d'eau et se regarda dans le miroir comme pour adresser ses pensées à son reflet.

— Marie est ici à Toulouse. Elle est dans cette ville… La Poste, oui, elle est éventuellement là-bas !

Il attrapa son blouson et claqua la porte derrière lui. Il descendit l'escalier comme il les avait montés, manquant de le dévaler à tout moment. Son cœur battait la chamade, sa tête bouillonnait, le chemin lui semblait interminable.

Il pressa le pas comme si chaque minute comptait, comme s'il avait peur d'arriver en retard à un rendez-vous. Il se sentait sûr de lui, de son idée de la trouver faisant la manche devant le bureau de poste comme la première fois où il l'avait retrouvée.

Bientôt, il aperçut le coin du boulevard d'Europe. Il s'arrêta avant de l'emprunter.

Il souffla pour se calmer et s'engagea dans la rue.

Son espoir fut de courte durée. Il sentit ses bras devenir lourds, puis tout son corps. Il se figea sur place, une femme derrière lui manqua lui rentrer dedans, le dépassa en râlant.

MARIE N'ÉTAIT PAS LÀ.

Il n'arrivait plus à réfléchir, tout se bousculait dans sa tête. Machinalement, il fit demi-tour et se dirigea dans un café qui se situait dans une rue parallèle. Il essaya de réfléchir, le cœur lourd.

La stupeur et le désarroi passés, il reprit un peu de courage. Il réfléchit. Peu importait, elle était à Toulouse, ce n'était pas innocent. Elle n'avait personne ici, à part lui. Maintenant elle le savait. Ainsi, elle était venue ici pour accepter son aide sinon elle se serait éloignée de lui afin de ne pas le rencontrer.

Assurément, c'était une question de jours. Elle devait être honteuse de son attitude et ne savait pas comment revenir vers lui. Il fallait lui accorder le temps.

Peut-être était-elle par ici à le surveiller ? Peu importait, un jour, il finirait par la revoir.

Il paya le café. C'est d'un pas allègre qu'il se dirigea vers son agence. Il se retournait parfois avec l'espoir de la voir derrière lui.

La première chose qu'il fit lorsqu'il s'installa à son bureau fut d'appeler William.

Ce dernier éprouva naturellement la même joie que la sienne. Il le rejoignait dans son sentiment d'espoir. Pour lui aussi, ce n'était qu'une histoire de jours :

— Tu as raison, elle sait qu'elle peut tomber sur toi à tout moment. Toulouse demeure une ville étendue, mais c'est aussi tout petit. Elle ne serait pas revenue si elle avait voulu t'éviter. Elle sait où tu habites et où tu travailles, elle va certainement tourner dans le quartier. Laisse les choses se produire !

Heureux et conforté dans ses idées, Adrien raccrocha.

Il ne tenait plus en place, il fallait qu'il sorte, qu'il arpente les rues. Cette joie naissante le transportait. Il sentait qu'il allait la revoir, mais il savait aussi qu'il possédait une agence à faire tourner et des contrats urgents à terminer aujourd'hui.

La sagesse l'emporta et il se consacra à ses dossiers avec plus ou moins d'attention.

Dès que quelqu'un entrait dans l'agence, il relevait la tête dans l'espoir de voir Marie apparaître. La fin de la matinée lui parut interminable.

Il décida d'aller manger à la cafétéria où il avait aperçu Marie sur le trottoir. Il fallait qu'il aille dans les endroits qu'elle savait qu'il fréquentait. Mais à la fin du déjeuner, il revint à son bureau sans l'avoir vue.

L'après-midi fut doublement plus interminable, Adrien manifestait presque de l'impatience envers les clients qui poussaient la porte de l'agence.

Il essayait de se raisonner, se rendant compte de sa réaction exagérée envers eux. Toutes les cinq minutes son regard allait vers l'extérieur. Par moments, il sortait afin de scruter la rue des deux côtés.

Il déplorait l'absence d'Isabelle. Il aurait dû lui demander de rester l'après-midi, sachant dans quel état il se trouvait.

Il aurait ainsi pu sillonner les rues de Toulouse ou faire autre chose plutôt que de rester coincé ici à bouillonner et se sentir inutile. De plus, il bénéficiait d'une clientèle fidèle. Son entreprise prospérait. Il pourrait, peut-être, envisager d'augmenter les heures de sa secrétaire.

Quand il retrouvera Marie, il aura besoin de temps. Il savait qu'il pouvait compter sur Isabelle pour gérer l'agence.

Le soir, il retourna manger à la cafétéria et y resta longuement. Il voulait sortir le plus possible afin de multiplier les chances de la rencontrer. Il avait opté pour une table à côté d'une fenêtre donnant dans la rue. Il toucha à peine à son repas, n'ayant pas d'appétit. Tous les bruits autour de lui étaient inexistants. Son esprit était captivé par les passants de la rue que la modeste lumière publique éclairait.

Cette nuit-là, avant de s'endormir sur le matin, il fit un tas de projets pour lui et Marie.

Tout ce temps perdu et triste, ils l'oublieraient ensemble. Il l'aiderait à surmonter ses malheurs, il la soutiendrait de toute son âme. Perdu dans ses pensées, il finit par s'endormir sans s'en rendre compte.

Le lendemain, malgré une nuit brève, il se réveilla avant la sonnerie du réveil. Il se prépara en un rien de temps. Une douche rapide et il fut dehors. Aujourd'hui, il irait avaler son café dans le bar à côté de son agence. Il avait envie de voir du monde, de se baigner dans la foule. Il voulait notamment garder espoir que Marie irait dans les lieux qu'il fréquentait.

Quelques personnes étaient éparpillées dans la salle.

Adrien appréciait l'ambiance des cafés le matin, une ambiance particulière de travailleurs. Tous les milieux étaient représentés. Les discussions allaient bon train. Une poignée racontait des anecdotes de la veille ou de leur travail.

Les uns écoutaient tout simplement assis à une table devant leur café. Certains tapotaient sur le clavier de leur ordinateur. Les autres notaient à la dernière minute leurs remarques ou rectifications, dans des dossiers de travail, ouverts en grand devant eux.

Adrien s'installa près d'une fenêtre. Il répandit un œil sur l'extérieur brièvement. Puis, il s'intéressa à une discussion près de lui, entre un homme et une femme. Ils relataient la dernière réunion qu'ils avaient vécue dans leur entreprise au sujet d'un gros marché qu'il ne fallait absolument pas rater.

Le serveur se dirigea vers lui, une éponge à la main et recueillit sa commande.

Adrien remarqua le journal abandonné sur la table vide devant lui.

Il le prit et put ainsi déchiffrer le gros titre de la une :

« Le tueur de prostituées enfin arrêté ».

— En voici une excellente nouvelle ! pensa-t-il, en ouvrant le journal à la page correspondant à l'article.

À ce moment, le serveur lui servit son café.

Il y jeta son sucre et commença à le brasser tout en observant l'extérieur, avant de revenir à l'article. Il lut :

« Coup de filet spectaculaire dans le milieu. Après des mois de recherches et une enquête

approfondie, la police a procédé à plusieurs arrestations. Il était malheureusement trop tard pour la cinquième victime qui gisait dans un entrepôt. D'après les premiers interrogatoires, il semblerait que les meurtres représentent la conséquence d'une révolte de certaines filles qui auraient voulu s'émanciper. Tout aurait commencé après qu'une des victimes a réussi à tromper la vigilance de son mac, causant ainsi l'effervescence et la révolte parmi les prostituées. Cette malheureuse et dernière victime aurait été tuée à Toulouse après une recherche active de la part de son assassin. Elle n'a pas encore été identifiée. Si vous la reconnaissez, vous pouvez contacter le poste de police le plus proche. »

Adrien répandit son café à la vue de la photo presque floue, au bas de l'article.

Sur cette photo, c'était le visage de Marie.

DU MEME AUTEUR

PREMONITIONS
LA VERITE
LA SAINT-VALENTIN
L'HISTOIRE DE CAROLINE SILLES
PETIT ITINERAIRE VERS LE BONHEUR
LE TERRIBLE SECRET
UN SECRET BIEN GARDE
JE TE RENCONTRERAI
EL MILAGRO
DESTINS CROISES

www.ingramcontent.com/pod-product-compliance
Lightning Source LLC
Chambersburg PA
CBHW050545160726

48003CB00002B/759